예민해서
더 빛나는
너에게

예민해서 더 빛나는 너에게

펴 낸 날 2024년 6월 20일 초판 1쇄

지 은 이 성유나
펴 낸 이 박지민, 박종천
책임편집 윤주서
편 집 김정웅, 민영신, 이경미
책임미술 롬디
마 케 팅 박지환

펴 낸 곳 모모북스
서울특별시 동대문구 왕산로81, 203-1호(두산베어스 타워)
전화 010-5297-8303 팩스 02-6013-8303
등록번호 2019년 03월 21일 제2019-000010호
e-mail pj1419@naver.com

ISBN 979-11-90408-59-2 03810

예민해서 더 빛나는 너에게

성유나 지음

섬세한 감정을 품은 사람들을 위한
응원 에세이

추천사

사람들은 알고 있을까? 내가 북 카페를 운영하면서 빈틈없이 빼곡한 헌책방 숲길을 서성거리고 있다는 것을? 그래서 어쩌면 레아북카페는 오래된 비밀의 화원이 분명하다. 숨결과 꿈결이 교차하며 씨실과 날실처럼 수도 없이 많은 사유와 언어가 사람 꽃을 피워내는 비밀의 화원! 오늘도 나는 그 숲길을 서성거리다 정현종 시인의 낡은 〈숨과 꿈〉 책 한 권과 맞닥뜨렸다.

"꿈은 말하자면 현실의 호흡 기관 같은 것이다. 숨 쉬지 않으면 살 수 없듯이 꿈꾸지 않으면 삶 자체가 가능하지 않은 것이다."

헐~~~ 42년 전 시인의 언어에서 난데없이 '예민'한 성유나 작가가 툭 튀어나온 이유는 뭘까? 〈예민해서 더 빛나는 너에게〉라며 체념하거나 인정하거나 그 어떤 경계에 선 그녀는,

어쩌면 크고도 많은 꿈을 꾸었기에 숨쉬기가 곤란해졌던 것은 아니었을까? 그녀 본성의 대범함과 도발을 익히 알고 있는 나로서는 호흡 곤란의 예민한 삶의 통증을 말하는 그녀에게 몹시 시큰둥하다. 엉덩이를 얻어맞아도 앞산 보고 웃어버리는 대범하고 늠름한 열 살 어린아이만큼이나 밝고 대범한 성유나 작가의 예민함이라면, 모든 순간을 거미줄처럼 미세한 줄 위의 파동까지 느껴야 하는 예술가로서의 민감함임을 나는 이미 오래전에 간파했다. 그가 칼날처럼 예리하고 예민한 관찰력으로 삶의 모든 순간을 큰 숨으로 붙잡고 새로운 삶을 꿈꾸며 좌절하고 도전하고 폴짝 뛰고 나자빠지며 뒹굴어도 털끝만큼도 걱정되지 않았던 이유다.

정현종 시인의 시어처럼 그는 이미 생채기를 통해 열리는 세계의 팽창을 감지하며 여린 전율의 감회를 성찰과 꿈꾸기의 언어로 자신의 첫 책 〈예민해서 더 빛나는 너에게〉에 고른 호흡으로 담아냈다. 결국 그의 예민함이란 예술적 창조의 애피타이저였던 것이다. 어쩌면 성유나 작가의 첫 책 추천사는 정현종 시인이 썼어야 했다. 그의 시집 〈떨어져도 튀는 공처럼〉에서 시인은 예민하고 연약한 우리들 삶의 생채기를 이렇게 노래한다.

"우리가 살다가, 어떻든, 무슨 생채기는 날 일이다. 팔이든 다리이든 가슴이든 생채기가 난 데로 열리는 서늘한 팽창……. 지평선의 숨결, 둥글게 피어나는 땅, 초록 세계관, 생바람결……."

작가의 책을 읽고 보니 어쩌면 성유나 작가는 예리한 칼날이 그어 놓은 생채기에도 탱탱하게 튀어 오르는 탱탱볼이었구나 싶다. 어디든 자유롭게 생생하게 살아 튀어 오르는 예리하고 민감한 창조적 감수성의 탱탱볼. 깜찍한 성유나 작가의 예민한 엄살에 귀 기울이며 탱탱하게 새로운 세계로 함께 튀어 오르고 싶으신 분들에게 일독을 권한다. ^^

교육과휴식 레아북카페 대표

<메타버스 스쿨 혁명> **김은형** 작가

난 왜 이렇게 생각이 많을까. 어둠 속에서 밤새 눈을 끔뻑였다. 수면을 갈망하며 잠자리를 뒤척인 지 언 한 달이 지나갔다. 고민에 빠져 있을 때, 저자의 원고를 만났다. 책 제목에 있는 '예민'이라는 어휘에, 우습게도 나와는 거리가 먼 이야기일 거라 여겼다. 대수롭지 않게 읽어 내려간 원고에는 성유나 작가의 자전적 고백과 실질적인 조언이 담겨있다. 고개를 끄덕이게 되는 저자의 이야기에 빠져들어 탐독하기 시작했다.

행간을 훑으며 미처 몰랐던 나를 마주할 수 있었다. 내가 예민해서 그랬구나. 저자는 예민한 이를 위한 상황별 대처법을 제시한다. 저자의 경험과 고찰로 이루어진 조언은 평범한 일상에서 실천하기에 제격이다. 앞선 행동을 돌아보느라, 그가 내게 한 말을 곱씹느라, 혹은 내일 할 일을 헤아리느라 불면의 밤에 시달리는 이가 어디 저자와 나, 둘뿐이겠는가. 〈예민해서 더 빛나는 너에게〉는 위태로운 현실에 예민해진 당신에게 슬기로운 해결책과 슴슴한 위로를 충분히 건네줄 것이다.

글로성장연구소 대표

최리나

〈예민해서 더 빛나는 너에게〉는 자기 내면을 들여다보고, 자신을 치유하는 과정을 통해 삶의 새로운 의미를 찾고자 하는 이들에게 추천하는 책입니다.

'삶의 예술가, 상처를 극복한 치유가, 강하면서도 약한 사람'이라 스스로를 묘사하는 성유나 작가의 진솔한 이야기는 독자들에게 큰 위로와 용기를 줄 것입니다.

이 책은 예민한 성향을 가진 사람들이 자신을 이해하고, 더 나아가 자기 자신을 더 따뜻하게 보듬어주고 더 잘 돌볼 수 있는 방법을 찾는 데 큰 도움이 될 것입니다.

40만 실버 버튼 유튜버 책추남TV 운영자 **책추남 코코치**(Co-Coach)

추천사를 써달라는 제안을 받고 천천히 책을 읽고 있는데 책을 읽으면 읽을수록 작가의 얼굴이 떠올랐습니다.

그리고 점점 책을 더 읽어 갈수록 신기하게 저의 예전의 모습이 선명히 보이기 시작했습니다.

가벼운 마음으로 책을 읽어 내려갔지만 점점 읽으면 읽을수록 나의 과거 모습과 작가의 과거 모습이 함께 나에게 무언가를 이야기해 주는 신기한 경험을 했습니다.

"예민해도 괜찮아, 너무 잘하고 있어."

예민한 분들은 꼭 이 책을 읽어 봤으면 좋겠습니다.

꼭 끝까지 읽고 자신의 방식으로 해석을 통해 인생을 살아가는 데 도움을 받았으면 좋겠습니다.

예민하지 않은 분들도 꼭 이 책을 읽어 봤으면 좋겠습니다.

나의 툭 던진 한마디가 예민한 분들에게 얼마나 큰 인생의 소용돌이를 만드는지 좀 이해하면 좋겠습니다.

저 또한 예민하다 못해 너무나 소심한 인생을 살았었고 이 책을 통해 작가가 예민함에서 벗어나기 위해 노력했던 것처럼 이 책은 저에게도 큰 위로와 응원의 메아리로 느껴졌습니다.

책을 읽는 내내 작가의 따뜻한 미소와 마음을 느낄 수 있었습니다.

이 책을 통해 작가와 나는 깊은 친구가 된 느낌을 받을 수 있었습니다.

이 책은 작가의 인생 깨달음을 온전히 녹아 넣은 사랑과 치유의 책입니다.

멋지게 자신의 인생을 포장하려 하지 않고 있는 그대로 작가 모습을 보여주는 사랑의 책입니다. 그래서 더 마음의 치유가 되는 책입니다.

이 책을 통해 자신이 가진 예민함에서 벗어나 자유롭게 살아가는 독자분들을 응원합니다.

최병훈

미라클하트 심리상담플랫폼 대표

<세상에서 가장 소중한 나를 사랑하는 방법> 작가

'내가 너무 예민한 걸까.'

이불 속으로 들어갔을 때 매일 생각했다. 세상에는 너무 곱씹게 되는 게 많았다. 누군가의 말, 행동, 사회 현상들이 자주 소화되지 못한 채 목에 걸렸다. 그러다가 이 원고를 만났다. 저자는 예민한 나를 사랑하자고 이야기한다. 자기 경험을 아낌없이 말하면서 괜찮다는 메시지를 보낸다. 글을 읽는 내내 마음에 아주 고요한 바람이 부는 듯했다. 자신이 예민하다고 생각해 본 적이 있는 사람이면 저자가 해주는 위로가 도움이 될 것이다. 너만 그런 게 아니라 나도 그렇다고. 때때로 인생이 불공평하다고 생각했지만, 지금은 어쩔 수 없다고 여기며 대신 내가 할 수 있는 걸 하나씩 하며 생각을 아주 조금씩만 바꾸기로 했다고. 책을 통해 다시금 확인한다. 누구든 예민한 구석이 있다. 저자의 말대로 마라맛 조언은 넣어 두고 나를 인정해 주고, 사랑해 주자. 예민함을 받아들이고 사랑하게 만드는 방법이 책을 펼치면 다정하게 다가올 것이다.

『글쓰기로 한 달에 100만 원 벌기』 저자 **김필영**

프롤로그

'내가 침대 밖을 벗어나 일상으로 돌아갈 수 있을까?'

사고로 목을 다쳐서 홀로 방 안에 갇혀 있다시피한 약 3년. 나는 처절한 각오를 다졌다. 다시는 누군가의 말에 휘둘려 세상에서 가장 소중한 나를 지옥에 빠트리지 않겠다고.

오후 두세 시 정도가 되면 잠시 몸을 일으켜 세워 식탁에 앉았다. 머리가 어지럽고 속이 울렁거렸다. 누군가 어깨를 찍어 누르는 것 같아 똑바로 앉기 어려웠지만 그렇다고 굶어 죽을 수는 없지 않은가. 포크를 쥐고 있는 손과 팔에 힘이 잘 들어가지 않았지만 다른 손으로 포크를 쥔 쪽 팔을 열심히 주물러가며 작은 접시에 담긴 모닝빵과 스크램블을 한참 동안 먹었다. 두유와 다른 종류 빵을 좀 더 덜어서 먹고는 다시 침대로 향해 쓰러지듯 누웠다.

100일을 훌쩍 넘겼는데도 푹 쉬다 보면 좋아지겠지 했던 내 몸 상태는 좋아지지 않았다. 통증은 매일 다른 방식으로 찾아왔다. 한군데만 아픈 게 아니라 여러 군데가 동시다발적으로 아팠다. 머리부터 발끝까지 안 아픈 곳이 별로 없었다. 머리가 쪼개질 것 같았고, 누군가가 나를 불판 위에 올려놓은 듯 목, 어깨, 팔, 등이 지져지는 듯 화끈거리고 뜨겁기도 했다. 정말 많이 아픈 날에는 꿈에서조차 격렬한 통증이 느껴졌다. 그래서 잠을 잘 자기도 어려웠고, 푹 쉬어지지도 않았을 뿐더러 마음은 점점 어두워졌다.

시간과 요일 개념이 점점 흐려져 갔다. 암막 커튼까지 쳐 놓은 날에는 낮인지 밤인지 새벽인지 구분이 잘되지 않았다. '다시 예전처럼 밝게 웃음 짓고 내일이 오는 일에 희망을 품을 수 있을까?' 애써서 희망을 품어보려 해도 글쎄 잘 모르겠다는 생각이 들 뿐, 이 지긋지긋한 일상의 반복이 언제쯤 끝이 날지 가늠조차 할 수 없었다.

까마득한 절망 속에서 누군가를 미워하고 원망도 했지만, 나는 그 시간 덕분에 자신을 사랑하게 되었다.

지독하게 어두운 블랙홀 속에서 끝없이 나 자신과 대화하며 그동안 멀어져 있던 자신과 다시 친해질 수 있었고, 살면서 수없이 상처받았던 내 마음을 이해하고 돌아볼 수 있었다. 그렇기에 이 상황을 담담하게 받아들이기로 결심했다. 그리고 몸과 마음이 좋아지기 위해 지금 할 수 있는 아주 작은 일부터 다시 시작해 보자고, 다른 누군가를 위한 것이 아닌 나 자신을 위해서 다시 힘을 내보기로. 나에게 왜 이런 일이 벌어진 것인지, 내가 왜 이런 아픔을 겪어야 하는지 수없이 되물은 끝에 고통의 원인을 찾았다. 나의 죄명은 '나를 사랑하지 않는 죄'였다. 풀어낼 실마리도 자신에게 있었다. 착하고 성실하게만 살았지, 스스로 아끼고 보호할 줄 몰랐던 것이 죄라면 죄였다.

방 안 창문에 드리워져 있던 커튼을 걷어 젖히고 창문을 활짝 열었다. 햇빛이 눈이 부셔서 눈이 잠시 찌푸려졌다. 아직 찬바람이 있지만 바람을 타고 봄기운이 느껴졌고 여러 새소리도 들렸다. 걱정, 불안, 두려움으로 가득 차 있던 블랙홀과 같은 공간에 작은 희망이 스며들었다.

목차

2장

그래 이게 나인데 뭐 어쩌겠어

3장

흉터는 예쁘진 않지만 아물고 있어

4장

말랑 콩떡 같지만 의외로 강하다고요

1장

소심하고 예민한 나를 마주했다

브라질에서 핫도그를 팔면 내 삶이 바뀔까?

"나 브라질로 가려고 해. 이파네마 해변에서 핫도그를 팔면서 살아 보려고."

너무도 달콤한 꿈이었다. 연한 상아색 고운 백사장 위에 드러누운 사람들, 서핑을 즐기는 자유로운 영혼들을 바라보며 흘러가는 대로 살고 싶었다. 사진 속 방랑자들의 미소는 눈이 부셨다. 이파네마에서 온 소녀 등의 보사노바를 들으며 상상하는 동안은 기분이 꽤 좋았다.

말은 그렇게 했지만, 자신은 없었다. 정말 황당한 생각이었다. 그때 나는 구체적인 계획도 대책도 가지고 있지 않았다. 나의 내면에서는 현실적으로 어렵다는 것을 알고 있었을 것이다. 무엇보다 세속적이고 물질적인 욕심이 적지 않은 내가 과연 다 내려놓고 자유롭게 살 수 있을지 그런 현실적인 부분을 고려하지도 않았다. 그냥 어떻게든 되겠지 싶었다.

나의 세상은 좁디좁은 세상이었다. 학창 시절 지하철로 다섯 정거장을 넘어가는 거리는 잘 다니지 않았고 여행을 가더라도 철저하게 계획하에 움직였다. 갑작스러운 일정이나 이동은 나에게 큰 스트레스로 다가왔다. 그만큼 새로운 환경과 변화에 민감했다. 그런 내가 우물 안 개구리같이 느껴져 대학 생활을 하며 나름의 변화를 시도했다. 다양한 외부 활동을 시작했고 비교적 먼 거리도 다녔다. 동네 안에서만 살던 것에 비하면 나아졌지만 그래봤자 서울 내에서 돌아다녔을 뿐, 마음을 먹지 않는 한 늘 다니던 곳만 다녔다. 오십보백보五十步百步였다.

그랬던 내가 뜬금없이 머나먼 브라질로 떠나기로 한 건 자포자기에 가까운 심정 때문이었다. 아무것도 잃을 것이 없는 상태였다. 건강도 직장도 잃은 상태였고 사랑했던 남자 친구랑도 헤어졌을 때였다. 가족 간의 골이 깊은 상태였는데 문제를 풀지 못한 채 각자의 삶을 사느라 바빴다. 부모님만큼 소중한 존재였던 외할머니에게 찾아든 알츠하이머는 엄마에게도 나에게도 감당하기 벅찬 어려움이었다.

그러던 중 어느 날은 엄마가 눈을 반짝이며 신문을 들고 내 방으로 찾아왔다. 브라질에 관한 기사였다. 자세히 읽어 보니 MOU*memorandum of understanding*(양해 각서)를 체결하면서 브라질 등 중남미 시장 전역으로 사업을 대폭 확대해 나갈 계획이라는 내용이었다. 한동안 볼 수 없었던 엄마의 생기 있는 모습에 뭔지는 모르겠지만 우리의 희망이 저기에 담겨 있을 것 같았다.

"외국어 대학교에 학사 편입을 해보면 어때? 2년만 공부하면 되고 졸업하고 나서 외국에서 몇 년 일하고 오면 그 뒤로는 번역하면서 편하게 살 수 있잖아. 힘든 서울 생활을 잠시 벗어나 충전도 할 겸, 어때?"

엄마의 말은 뜬금없었지만 제법 솔깃한 제안이었다. 몸이 약한데 디자이너로 일하면서 건강을 잃고 집에서 잠시 쉬고 있어서 더 그렇게 느껴졌다. 외국 근무를 마치고 돌아온 사촌 언니가 서울에 있는 회사에 다니기 전 잠시 우리 집에 머물

때였다. 나보다 행동반경이 작았고 병약했던 언니였는데, 엄마가 제안했던 루트대로 대학을 졸업한 후 먼 타지에서 몇 년간의 근무를 무사히 마치고 돌아온 것이다. 무엇보다 언니가 더 건강하고 씩씩해졌다는 것이 나의 망설임을 사그라들게 했다. 그녀는 내게 살아 숨 쉬는 희망이자 증거였기에.

나는 확신도 자신도 없었지만, 그 언니가 했으면 나도 할 수 있지 않을까 하는 생각이 들었다. 게다가 다른 선택지도 없었다. 그렇게 덥석 엄마가 제안한 꿈을 내 운명으로 받아들이고 나니 마음이 편해졌다. 그냥 공부만 열심히 하면 다른 문제는 신경 쓰지 않아도 되었기에. 나는 타지에서 정말 열심히 공부했고 새벽까지 공부에 몰입하는 날이 잦았다. 공부에 집중하지 않으면 금세 잡생각으로 마음이 힘들고 불안해졌다. 타지에 적응하고 낯선 언어를 익히는 게 쉽지 않아도 희망이 있어서 좋았다. 졸업까지만 버티면 되니까.

쉴 때는 〈걸어서 세계 속으로〉 브라질 편을 즐겨보곤 했는데, 볼 때마다 가슴이 두근거렸다. 이 세상 것이 맞나 싶게 아름다운 자연환경 속으로 나는 빠져들었다. 〈이과수 폭포〉의 큰 물줄기와 '아마존'의 거대한 밀림을 보면 가슴이 시원해졌고 마치 행복한 미래를 약속받은 것처럼 여겨졌다. '그래 나는 곧 떠날 예정이고 나에게는 자유가 기다리고 있어.'

그렇게 달콤한 미래를 그리던 어느 날 나의 꿈은 산산조각이 났다. 한 학기를 남겨두고 급작스럽게 휴학하게 된 것이다. 뒤에서 자세히 밝히겠지만, 목을 다치는 사고로 인해 내리게 된 결정이었다. 브라질은커녕 침대 밖을 벗어나기도 힘들었다. 머리에서 시작해서 목과 어깨 팔을 따라 전기가 흐르는 느낌이었고, 등 전체로 번져가며 불덩이로 변해 이글대는 것 같았다. 상반신 일부 마비 증상으로 마음껏 움직일 수조차 없어서 누워만 있는 사이, 단꿈에 젖어 외면하고 있었던 것들이 불쑥 찾아와 극심한 통증과 함께 마구 몰아쳤다.

나는 강제로 멈춰진 채로 가족과의 갈등으로 곪아버린 내 속을, 불안한 현실을, 그리고 불투명한 미래를 마주했다. 극도로 불안하고 초조하고 불편했던 시간이었다.

'브라질에서 핫도그를 팔며 자유롭게 살고 싶었을 뿐인데!! 열심히 나름 착실하게 살아왔는데. 왜 이렇게 주저앉아 고통을 받아야 하는 거지. 전생에 지은 죄가 커서?'

성실함은 나의 대표 키워드였다. 최선을 다하면서 악착같이 열심히 살았는데 도대체 내가 무슨 잘못을 했길래 이렇게 고통을 받는 것일까. 좌절, 억울함, 원망, 분노, 슬픔 등 갖가지 감정들이 올라왔다. 꽤 오랜 시간을 그렇게 혼돈 속에서 방황한 끝에 현실을 객관적으로 보게 되었다. 전생에 지은 죄로 인해 불행이 찾아온 게 아니라 삶은 원래 불공평하고 계획하고 원하는 대로 돌아가지 않는 거였다. 늘 나는 원하는 대로 상황이 돌아가지 않으면 당황하고 어쩔 줄 몰랐었다. 플랜 A와 B, C를 준비하며 내가 예측할 수 있는 것만 시도하고 받아들였던 거다.

피하고 싶은 것 속에 나를 크게 키워 줄 선물이 있을 수도 있다는 걸 배웠다. 핫도그를 파는 대신에 나는 외면하고 있던 숙제를 직면하고 하나씩 풀게 되었다. 균열과 어두운 면도 끌어안게 되었고, 이분법적인 사고 패턴을 바꾸었으며, 현실을 똑바로 보는 눈을 키울 수 있었다.

사고를 겪지 않았으면 바뀌지 않았을 것이다. 열심히 재활을 거치고 몇 년간의 침대 생활을 마치고 다시 사회로 복귀했을 때 이전과 같은 패턴을 반복하지 않으려고 기를 쓰고 노력했다. 예전의 나라면 하지 못했거나 하지 않았을 크고 작은 선택을 하며 걸어왔다. 불편하고 힘들고 어려울 것 같아서 도전해 보지 않았던 영역의 회사에 들어갔다. 안 먹어 보던 음식, 장소도 가보고 계획에 없던 만남이나 기회도 낯설고 불편하지만 피하던 것들을 시도하게 됐다. 매번 모임 장소가 너무 멀어서 가지 않으려고 했던 북튜버 모임에 참석한 건 정말 신의 한 수였다. 덕분에 치유와 성장에 큰 도움을 받았으니 말이다.

내가 찾던 파랑새는 이파네마 해변에 없었을 것이다. 내가 브라질에 가서 핫도그를 팔았으면 몸도 마음도 편안했을까? 매일 자유롭고 행복했을까? 그렇지 않았을 것이다. 장사가 망하지 않아서 굶지 않으면 다행일지도 모르겠다.

좁고 왜곡된 안경으로 세상을 보고 차를 몰고 싶지 않다. 가능하다면 안경을 벗고 눈 똑바로 뜨고 길이 울퉁불퉁한지 평탄한지 보면서 직접 운전대를 잡고 나아가려고 한다. 그 길이 어떤 길인지는 가봐야 정확히 알겠지만 적어도 내가 제대로 보려고 노력한 끝에 선택한 길은 후회보다는 원하는 목적지에 가깝지 않을까?

27살, 격렬한 사춘기가 나를 찾아왔다

성인이 되고 나서 뒤늦게 격렬한 사춘기를 앓았다. 나에게는 상대방의 기분을 좋게 만드는 일이 어렵지 않았다. 누군가 하는 말에 진심으로 귀를 기울였고, 그 사람의 특징에 맞춰서 세심하게 배려하고 헤아리려고 노력했다. 그런 덕분에 내 주변에는 사람이 많았다. 그런데 그렇게 남들에게 맞춰 가며 살다 보니 어느 순간 내가 없어지고 있었다. 어느 순간 정신을 차려보니 나는 다른 사람의 말 한마디에 쉽게 무너지고 흔들리는 위태로운 상태가 되어 버렸다.

지나치게 나를 낮추고 상대방에게 과하게 맞춰 주는 바람에 나의 연애는 대부분 끝이 좋지 않았다. 절친한 친구들 역시 나를 배려하기보다 본인들이 편한 쪽으로만 행동했다. 나에게 큰 실망감과 상실감을 안긴 채 학창 시절부터 지속되던 우리의 관계는 끝이 났다. 이상하게 애를 쓰면 쓸수록 일이 꼬이거나 주변과 멀어졌다. 연락처에 저장된 사람은 많았지만, 정작 고민을 털어놓을 사람 하나 없는 처지가 되었다. 어딘가 위안을 받을 곳이 필요할 때도 마찬가지였다.

아빠는 지방에서 사업을 하느라 정신없이 바빴고, 동생은 한집에 살면서 얼굴 한번 보기 힘들었다. 엄마는 아프신 외할머니를 신경 쓰고 챙기는 것만으로도 버거워 보였다. 그런 사정을 알았지만, 나에게도 조금은 관심 가져주고 공감해 주기를 바랐다. 그래서 집안일을 거들고, 가족들이 좋아하는 요리도 자주 만들었다. 살갑게 먼저 말을 거는 쪽은 언제나 나였다. 단톡방을 만들었는데, 주로 나 혼자 떠들었다. 메모장인가 싶었다. 가족들은 나의 관심이 부담스럽고 성가시다고 자주 입을 모아 말했다.

화를 맘껏 뱉어 내지 못하고 삼켜서일까? 당시 내 몸에는 온통 염증이 돌아다녔다. 내과며 안과며 피부과며 일주일에 몇 번을 다니고, 몸무게가 30kg대가 되어도 부모님은 내가 밥은 제대로 먹고 다니는지, 잠은 제대로 자는지 물어보지 않았다. 힘들다고 말하면 "너만 힘든 줄 아냐, 우리도 힘들다." 했다. 아프다고 말하면 "네가 아픈 게 하루 이틀이냐?"는 대답이 돌아왔다.

원래 부모님 성향이 무뚝뚝한 건 알고 있었지만, 서운하고 속상했다. 그러다 보니 나도 모르게 더는 참지 못하고 자꾸 과거부터 상처받았던 일을 하나둘씩 입 밖으로 꺼내게 되었다. 기억하지 못하거나 '그건 네가 그럴만해서 그런 것'이라는 부모님께 아이처럼 짜증을 내고 화를 내기도 했다. 지금도 괜찮은데 왜 굳이 사서 긁어 부스럼을 만드냐는 부모님의 입장과 여전히 깊은 상처가 남아있기에 짚고 넘어가려는 나의 입장이 팽팽하게 맞섰다. 독립적이던 동생은 대학교를 졸업하자마자 방을 따로 얻어 나가서 지냈고, 엄마는 내가 외대로 편입하게 되면서 같이 타지로 이동했지만, 자주 부딪히는 내가 불편했는지 바쁜 아빠를 도와드려야 한다고 나를 남겨둔 채 가버렸다. 우리는 그렇게 뿔뿔이 흩어졌다. 부모님이 주기적으로 나를 챙겨주러 찾아오긴 했지만, 엄마는 나를 보러 오면 집안일을 도와주는 것에만 집중하려고 했다. 나는 그건 그냥 두시면 내가 알아서 할 테니 그냥 나랑 이야기 좀 하자고 했다. 하지만 엄마는 지금 이걸 어서 해야 한다며 청소와 빨래, 설거지하기 바빴다. 눈을 마주치고 이런저런 이야기를 하고 싶었지만 그럴 수 없었기에 그런 엄마의 뒤통수를 보며 말할 수밖에 없었다. 그렇게 정신없이 홀린 듯 집안일을 마친 후 언제나 그랬던 것처럼 서둘러 가버리려는 엄마가 너무 낯설고 내가 투명 인간처럼 느껴져서 무서웠다.

서둘러 현관으로 걸어가는 엄마를 붙잡으며 나는 울면서 소리쳤다. "도대체 엄마 뭐가 중요한 건데!" 목에 핏대를 세우며 고래고래 소리를 지르는 나를 보는 엄마의 동공이 커졌다. "제발 제발, 엄마……." 가슴을 주먹 쥔 손으로 힘껏 치고 쥐어뜯기도 하며 나의 외로움과 아픔도 봐 달라고 울고불고 소리치고 몸부림쳤다. 가슴이 터져 버릴 것 같았다.

"쉿! 조용하지 못해? 옆집에 다 들리겠다."

고름이 흐르고 피가 철철 흐르는 듯한 속을 붙잡고 나뒹구는 나를 보고 엄마는 매서운 눈초리를 한 채 서늘하고 건조한 목소리로 내뱉었다. 그 말을 듣는 순간 나는 아득한 절망감을 느꼈다.

"엄마는……. 지금 내가 이렇게 고통에 몸부림치는 와중에도 남한테 어떻게 보일지가 더 신경이 쓰여?"

내가 무슨 짓을 하더라도 나를 봐주지 않을 거란 생각에 미치자 더는 살고 싶지 않았다. 밤이 되면 베란다로 나가 하염없이 밑을 내려다보았다. 차들이 쌩쌩 달리고 있었다. 뛰어내리고 싶은 충동이 울컥울컥 밀려왔지만 결국 그러지 못했다. 죽음이 두려워서가 아니었다. 나는 그 이후가 더 두려웠다. 그래서 죽을 수가 없었다. 내가 죽고 나면 내가 뭘 좋아하는지 몰라서 부모님 마음대로 아무거나 가져다 둘 것 같았다. 가족 개개인의 취향을 줄줄이 알고 있는 나와 달리, 내가 좋아하거나 싫어하는 것에 관해 제대로 기억해 주는 사람은 없었기 때문이다.

내가 좋아하는 음식을 맨날 알려드려도 기억하지 못하는 엄마, 심한 음식 알레르기로 고생하느라 한동안 갑각류, 유제품, 견과류, 달걀 등을 가리던 시기에도 내가 먹지 못하는 음식을 가져오셨던 아빠였다.

'분명 부모님은 내 무덤가에 엉뚱한 것을 가져다 두겠지.

이거 네가 좋아하던 거잖아?' 라고 하면서. 나는 무덤가에 내가 좋아하는 것이 아닌 부모님이 좋아하는 음식을 올려두고 잠시 눈물을 흘리다가 곧 아무렇지도 않게 떠나는 상상을 했다. '살 사람은 그래도 살아야지.' 하면서 말이다.

나를 사랑하는 부모님의 마음이 그때는 그렇게 와닿지 않았다. 그렇게 나를 아낀다면 조금이라도 더 살갑게 표현해 주었으면 했다. 뭐가 되어도 좋으니, 딸이 무엇을 좋아하는지 조금이라도 기억을 해주셨으면 했다. 우리는 원래 이런 성향이니 포기하고, 관심과 표현은 다른 곳에서 찾아보라는 부모님 앞에서 그건 나의 바람일 뿐이었다.

뜻밖의 손님

편입한 대학에서는 동기들과 나이가 거의 10살 차이가 났다. 다니는 동안 동기들이 먼저 다가와 주기도 했지만, 나는 그들과 어울리면서도 수업이 끝나면 조심스레 거리를 뒀기에 나는 지극히 외로웠다. 죽을 수도 없으면서 죽음만을 생각하며 지내던 때, 누군가 저녁에 불쑥 초인종을 눌렀다. 나는 인터폰을 보며 적지 않게 놀랐다. '외숙모가 나를?' 나는 의아했다. 우리는 가끔 명절이나 외가에 갔을 때 얼굴을 보며 안부 정도만 주고받았었다. 따로 연락하거나 만난 적도 없었다. 그렇게 갑자기 찾아온 외숙모는 그간 들어본 적 없는 살

가운 목소리로 그냥 왠지 와봐야 할 것 같은 느낌이 들었다고 말했다.

그녀는 바리바리 챙겨온 짐을 풀고, 청양고추를 넣은 자작한 된장찌개와 죽을 끓인 뒤 이리 와서 먹으라고 했다. 빵으로 대충 끼니를 때우고 밥은 거의 못 먹고 있었는데, 입맛이 돌아 오랜만에 식사다운 식사를 했다. 외숙모는 먹은 그릇을 깨끗이 씻고는 내 옆으로 와서 앉아 나의 이야기를 한참 가만히 들어주셨다. 촉촉해진 눈으로 나를 바라보면서 그간 정말 많이 외롭고 힘들었겠다며 위로해 주시는 데 나는 그만 울어버렸다. 외숙모는 갑자기 다 큰 나를 아기처럼 안아주고 업어주셨다. '얼마 만에 느껴보는 안정감인가…….' 팽팽하게 얼어붙은 온몸이 녹아내리며 힘이 쭉 빠졌다. 한편으로는 편안한 꿈처럼 느껴졌다.

빈껍데기만 남아있다고 느꼈던 나는 아이러니하게도 멀다면 먼 존재였던 외숙모 덕분에 다시 살 힘을 얻었다. 내가 바란 건 큰 게 아니었다. 누군가 진심으로 함께 일상을 보내며, 공감과 위로로 따뜻하게 안아주는 것 그거면 되는 거였다.

마상(마음의 상처)에 새살이 돋으려면

광활한 우주 속에 홀로 남겨져 떠도는 기분이었다. ‘빛이 있는 쪽으로 옮겨가려면 광년의 시간이 필요하겠지.’ 삶의 의욕을 찾아보려 했으나 공연한 실패로 돌아갔다. 캄캄한 방 안에 누워서 작은 창문 밖으로 달을 보며, 지나가는 사람들의 목소리를 듣곤 했다. 왁자지껄한 웃음소리를 들으며 나는 여기저기 사람들과 신나게 어울려 활동하던 때를 떠올렸다. ‘다시 일상으로 돌아가 나도 저렇게 웃고 떠들고 다닐 수 있을까?’ 꿈인지 현실인지 분간이 가질 않았다. ‘꽃다운 나이에 타지에서 지금 나는 왜 홀로 이러고 있게 된 걸까?’

나는 사고를 당하던 순간을 떠올렸다. 어느 날 부모님은 갈 곳이 있다며 나갈 준비를 하라고 했다. 엄마 친구에게 소개받은 곳인데 그리 멀지 않은 인근 지역에 아주 용한 곳이 있다고 했다. 나는 어쩐지 영 내키지 않았다. 예감이 좋지 않았다. 몇 번 거절했지만, 부모님은 뭐에 단단히 홀린 듯 간곡하게 내가 꼭 갔으면 한다고 했다. 약한 몸으로 새벽까지 공부하는 내가 좀 더 건강해졌으면 하는 바람이었는지……. 결국 완강하게 거절하지 못한 채 소 도살장 끌려가는 심정으로 아빠 차를 타고 한 시간 정도 달려 어느 평범한 아파트에 도착했다.

무서운 인상의 할아버지가 문을 열고 나왔다. 집 전체가 어두컴컴했다. 그가 인도하는 대로 엄마와 함께 방 안으로 따라 들어갔고, 뭐라고 했는지 기억이 잘 나지 않지만, 아마도 몸 전체의 정렬을 바로잡는다고 했던 걸로 기억한다. '척추를 바르게 맞춰 주신다는 건가?' 나는 시키는 대로 바닥에 반듯이 누웠다. 노인은 무언가 계속 중얼댔는데, 그간 얼마나 억울했냐. 힘들었냐. 고생이 많았다. 그런 알 수 없는 말들을 했다. 마치 내 마음을 알아주는 것 같아 나도 모르게 눈물이 났지만, 조상님 타령으로 넘어가자 속으로 '이거 퇴마 의식을 하는 거 아닌가?'라는 생각에 잠시 두려움도 스쳤다. 그는 걱정하지 말라며 이제 자신이 다 좋게 해주겠다며 갑자기 내 얼굴을 양손으로 부여잡고, 있는 힘껏 한쪽으로 비틀어 꺾었다. 난생처음 겪는 아픔에 나는 소리를 질렀는데 아파트 밖에서 대기하고 있던 아빠가 나의 비명을 들을 정도였다고 한다. 의식은 끝나고 노인은 확신에 찬 말투로 자신이 확 바꾸어 주었다고 엄청나게 좋아졌을 것이니 걱정하지 말라며 성의만큼 수고비를 내고 가라고 했다. 나는 너무나 혼란스러웠다.

'대체 이게 뭘 한 걸까?' 멀쩡했던 목과 어깨가 비틀어진 것처럼 느껴지며 아픔이 느껴져서 좋아진 게 맞는 거냐고 묻고 싶었지만 아무 말도 하지 못하고 어두컴컴한 그곳을 벗어났다.

집으로 돌아온 뒤 거울을 보자 내 한쪽 눈두덩이가 짓이겨져 살이 터져 있었다. 얼굴을 잡아 틀 때, 손아귀 힘이 어찌나 세던지 잡고 있던 손에 짓이겨진 것이다. 그곳에 다녀온 후로 여러 날을 정신없이 계속 내리 잠만 잤다. 가위가 눌린 것 같기도 했고, 온몸이 아프고 기운이 없어서 쉽게 정신을 차릴 수가 없었다. 몇 년 동안 오른쪽 얼굴, 팔, 다리까지 마비 증상이 오고, 온몸에 극심한 통증이 생기게 된 건 그때부터였다.

한동안 집 근처 마트도 가기 힘들었고, 집 앞에 잠시 나갈 때면, 중풍 환자처럼 걸음마다 걷기가 어려웠다. 하루 대부분을 조용히 침대에서 보내다 보니 애써 밝은 척하며 지냈던 순간들 아래 가려져 있던 어두운 기억들이 자꾸만 나를 집어삼켰다. 한꺼번에 몸도 마음도 무너져 내리니 어디서부터 손을 대야 할지 감이 오지 않았다. 몸도 마음도 너무 고통스러워서 나는 잘 움직여지지 않는 몸으로 매일 침대 위를 뒹굴고 울부짖었다. 온몸이 불에 타는 것 같아서 잠을 잘 자지 못했다. 그 순간에도 나는 혼자였다.

가족들은 일주일에 한 번 나를 찾아왔다. 경주에서 부산까지는 차로 한 시간이 채 걸리지 않았음에도 여력이 잘 나지 않아서 어쩔 수 없는 상황이었기 때문이다. 아빠는 정신없이 펜션을 운영하기 바빴고, 엄마는 나와 있으면 자꾸 불편한 대화가 이어지는 데다 부산까지 버스를 타고 오가는 일도 쉬운 건 아니라서 아빠가 여력이 되는 시간에 잠시 들르는 거였다.

이렇게 아프게 된 원인이나 해결 방법은 알 수 없었기에 다른 불편 증상으로 안과나 피부과 등을 가기도 했고, 함께 밥다운 밥을 먹고 장을 잔뜩 봐서 집으로 돌아와 밀린 집안일을 도와주셨다. 오른쪽 팔과 어깨의 마비 증상으로 사용이 불편했기에 숟가락을 사용해 식사하는 것도 불편하고, 요리나 설거지하는 것도 어려웠기에 평소 나의 주식은 여전히 빵과 과일, 간단히 조리할 수 있는 달걀 요리 등이었다. 가볍고 작은 접시에 달걀을 톡 깨서 빵을 레인지에 데워먹는 식사를 하곤 했다. 집안을 잠시 돌아다니거나, 집 근처로 산책을 가볍게 하는 것은 가능했지만 멀리 가지는 못했고, 그마저도 무리가 되어서 집에 돌아와 앓아누웠다.

나는 계속 그 노인이 한 게 뭔가 이상하다고 엄마 친구에게 확인을 부탁했지만, 엄마는 '친구에게 물어보기 좀 그렇다.', '그 친구네 가족은 좋아졌다던데…….' 라며 번번이 거절했다. 상황이 이런데도 지금 그런 말이 나오는지 나는 이해가 되지 않았다. 가슴이 찢어지는 것처럼 아팠다. 나는 원망하지 않으려 안간힘을 썼지만, 나 자신도 가족도 세상도 다 밉고 원망스러웠다.

'그렇게 가기 싫었음에도 나는 왜 거절하지 못하고 거길 따라간 것일까?' (1년 정도 눈물로 애원하고 또 애원한 후에야 엄마는 그 친구에게 나의 상태를 제대로 밝히며 이상한 것 같단 말도 꺼내 보고, 그곳을 불법 영업으로 신고해서 그 뒤 영업 정지 후 없어졌다고 한다.)

시간은 속절없이 흘러 휴학한 채 한 학기 이상 흘렀고, 학교로 돌아가고 싶었지만 돌아갈 수 없었다. 성적도 우수했고, 졸업까지 고작 한 학기 남았을 뿐인데 그만둬야 한다고 했다. 나는 제적을 당했다. 어릴 때부터 그토록 하고 싶은 것이 많았는데, 결국 제대로 되는 일이 하나도 없다고 생각했다.

가끔 오는 지인들의 연락을 받으며 나는 아무 일 없던 것처럼 대했다. 여전히 그들은 나의 안부를 챙기기보다 본인이 하고 싶은 말만 잔뜩 하고 사라졌다. 매일 연락을 주고받긴 했지만, 가족과 나 사이에는 여전히 냉기가 흘렀다. 가족들은 불편한 얘기를 꺼내는 자체를 좋아하지 않았다. 나는 내가 쓸모없는 짐승이나 괴물이 된 것 같았다. 가슴이 터질 것 같고 답답해서 매일 쥐어뜯었다. 숨이 잘 쉬어지지 않아서 검은 봉지를 대고 숨을 몰아쉬기도 했다. 그렇게 빛나는 하루하루가 내게서 사라지고 있었다.

시간을 되돌리지 않을 이유

'마음이 편안해지는 책이라도 들으면 좀 나아질까?'

어릴 때부터 쭉 책을 좋아해서 많이 읽었는데, 마음이 극도로 힘들어지고부터는 책도 눈에 잘 들어오지 않았다. 없던 난독 증세가 생겼는데 글씨가 울렁거리면서 통 내용에 집중할 수가 없었기 때문이다. 누워 지내며 책을 소개해 주는 영상을 귀로 들을 수 있어서 그나마 다행이었다.

또 큰 스님의 법문을 들으면서 나는 마음이 점점 안정됨을 느꼈다. 얼마나 수많은 영상을 듣고 봤는지 모른다. 다른 사람들의 사연을 스님께서 풀어서 답해주는 식이었는데, 세상에는 아픈 사람들이 참 많았다. 각자 나와는 다른 문제를 가지고 있었지만 묘하게 공감되었다. 위로도 많이 되었다. 크나큰 아픔을 가지고도 밝고 씩씩하게 살아가는 사람들의 이야기를 들으며 어둠 속에만 머물러 있던 내가 조금씩 삶의 의지를 되찾기 시작했다.

세상이 어떻게 돌아가는지도 대충 알 수 있었다. 손바닥 크기의 액정 안에 얼마나 큰 세상을 담아내던지. 단절되고 고립되어 있던 우주 공간에 그렇게 서서히 밝음이 비치기 시작했다. 자연스럽게 나도 저분들처럼 누군가에게 도움이 되는 존재가 되고 싶다고 생각했다. 몇 년 뒤 다시 두 다리로 걸어 다니고 일상생활을 정상적으로 할 수 있게 되면서 나는 유튜브 채널을 열었다.

처음에는 '자기 사랑'을 주제로 영상을 올리기 시작했다. 어떠한 일이 있어도 나 자신과 내 삶을 사랑해 보자는 다짐이기도 했고, 마음에 아픔을 가진 사람들을 위로하고 응원하고자 했다.

나에게 정성껏 요리 대접하기, 산책하기 등을 브이로그 V-log 형식으로 담아 나갔다. 누군가에게 도움을 주려는 희망과 목표가 생기니 몸도 마음도 빠른 속도로 좋아졌다. 재활을 담당해 주시던 선생님들은 매번 나의 회복 속도에 놀라곤 했다. 책도 다시 눈에 들어오기 시작했다.

이때부터 나는 홀린 듯이 다시 독서했다. 머리맡이며 집안 곳곳 책을 수북하게 쌓아두고 보고 또 봤다. 서점에도 살다시피 했었다. 책 안에는 '나를 치유하는 방법'부터 '삶의 지혜' 등 나의 내면을 풍요롭게 해 줄 정보들도 가득했다. 몸에 난 상처는 눈에 잘 보이지만 마음은 그렇지 않았다. 회복이 잘 되고 있는지 완전히 아물었는지도 알 수가 없었다. 그러나 점점 나아지고 있는 건 분명했다. 한동안 잃어버렸던 웃음을 되찾았고, 매일 일상에서 감사할 일들이 늘어갔다. 누가 나의 힘듦을 알아주지 않아도 이제는 예전처럼 서럽지 않다고 생각했다. 자기 사랑을 배우면서, 나는 남에게 기대하는 대신 스스로 내 마음을 알아주고 챙기기로 했다. 아무리 힘들고 아파도 따뜻하게 대하고, 감사함을 표현하고 알아 달라고 생색내지도 않아서인지 가족과의 사이도 점점 좋아졌다.

사고를 당하기 전으로 시간을 돌릴 수 있다면 하고 가정해 본 적이 몇 번 있다. 아무리 곱씹고 다시 생각해 봐도 나는 시간을 돌리지 않을 거라고 확신한다. 지독하게 힘든 나날들이 었지만, 그 계기로 인해 과거보다 더 겸손해지고 성숙해졌고, 가족과의 관계도 좋아졌기 때문이다. 그리고 무엇보다 그 시간 속에서, 나에 대해 더 잘 알게 되고, 남보다 스스로 아끼고 사랑할 수 있게 되었다.

예전처럼 극심한 건 아니지만, 지금도 통증은 해리 포터의 이마에 난 번개 모양의 흉터처럼 남아 수시로 나를 괴롭힌다. 하지만 여전히 지난 순간을 후회하지 않는다. 다만 이 또한 내 운명이려니 하고 덤덤하게 받아들이고 충실히 오늘을 살아가려고 한다.

기복이 심하다는 것은

"저번 글은 너무 좋았는데……. 무슨 일 있어요?"

이번에 글쓰기를 배우면서 여러 차례 들었던 말이다. 제출한 과제들의 기복이 심하다는 것. 나는 이 말이 꽤 익숙했기에 덤덤했다. 별로 실망하지는 않았지만 '또…….'라는 생각에 씁쓸한 미소가 지어졌다.

초등학생 시절부터였던 것 같다. 나를 지도해 주시던 담임 선생님은 내가 영특하다며 다른 아이들에 비해 칭찬과 함께 아껴주셨던 기억이 있다. 학업 성적도 좋았거니와 수학 및 영어 대회에서 상을 받기도 해서 나 또한 내가 똑똑하다고 생각하고 어깨에 힘이 잔뜩 들어갔던 시절이 있다. 그러나 나는 안정적으로 뛰어난 결과를 보여주지 못했다. 특히 시험을 보면 점수 차이가 상당해서 학교 선생님을 포함해서 학원 및 과외 선생님들의 걱정을 사고는 했다. 나보다 선생님들이 되려 더 걱정하시니 나는 어쩐지 그게 더 부담스러웠다. 나에 대한 기대도 컸기에 더 당황스러우셨던 것 같다.

기복이 심한 이유에 대해 진지하게 고민해 보고 내 나름으로 원인이라고 짐작되는 것을 나열해 보니 이렇더라. 부모님이나 주위에서 나에게 실망했다는 반응을 보였던 경험에 대한 영향이라거나, 지나치게 잘하고 싶은 마음이 앞서면서 힘이 잔뜩 들어갔다거나 혹은 과도하고 잦은 긴장으로 인해 평소 실력을 다 발휘하지 못하는 것 등이다. 그 밖에 몸 상태에 따라 좌지우지되는 것 같기도 하다(몸이 매우 약한지라 상태가 좋지 않은 날이 참 많은데, 몸이 힘든 정도에 따라 아무래도 집중도가 달라지기 마련이기에) 누군가가 얼굴에 실망감을 적나라하게 드러내면서 나에 대한 기대를 접는 걸 보는 일은 특히 참 괴로운 일이었다. 지금도 나는 종종 고3 때 슬럼프를 아주 세게 겪었던 것으로 인해 조금 더 쉽게 자신감을 잃곤 한다. 대형 미술 학원에 다

넜었는데 당시 나는 성적도 좋은 편에 속하고 미술 실기 부분도 평가가 괜찮았던지라 미술 학원 원장님의 특별 관리 학생에 속했다. 상위권에 있는 대학교에 진학시켜야 나는 물론 학원 측에서도 좋았기에 그랬다.

똑같은 수업을 듣는 것임에도 나를 포함한 관리 대상에 속하는 학생들은 집중 지도를 받았는데, 나는 압박이 되면서도 조금 즐기기도 했다. 그러다 왜 그랬는지 자세히 기억은 안 나지만 슬럼프를 타기 시작했다. 그림이 내 마음대로 그려지지 않으면서 갑자기 머릿속이 하얘지기도 했다. 그동안 배웠던 모든 것이 헷갈렸고 급속도로 자신감이 떨어지며 식은땀이 나기도 했다. 꼭 다른 사람이 된 것 같았다.

학원 원장님은 그런 나를 처음에는 지켜보다가 서서히 방치하기 시작했고, 결국 나는 슬럼프를 극복하지 못하고 결국 낙방한지라 수험 생활을 연장하게 되었더랬다. 그때의 실망감과 좌절은 10년 가까이 나를 집요하게 따라다녔다.

나를 후하게 평가한 분들의 "이번만 그런 거지? 실수였지? 뭔가 이유가 있을 거야. 다음엔 그러지 않을 거지?"라는 기대에 찬 반응에 나는 그렇다고 대답하면서도 사실 자신이 없어지기도 한다. 그래서 나는 차라리 특별히 잘할 필요도 없고 평범한 정도로 기복 없이 해냈으면 하고 늘 바랐던 것 같다. 열심히 최선을 다해 노력한 건데도 불구하고 기대 이상의 평가와 칭찬을 받았을 때도 어딘가 불안했다. 내가 생각해도 차이가 좀 심하긴 하니까 말이다. '도대체 왜 이렇게까지 하늘과 땅 차이가 날까?' 나로서도 고민이 심했다.

어떨 때는 내가 생각해도 '나는 천재인가?'라며 자화자찬하고 정말 감탄사가 나올 정도로 결과물이 마음에 들기도 하지만, 반대로 뭔가 단단히 일이 꼬인 것 같고 형편없다고 느낄 때가 있었다. 그럴 때는 쉽게 슬럼프에 빠져들기도 했다. '내가 봐도 정말 형편없다.' 어깨에 힘이 쭉 빠지며 세상에서 가장 자신감 없는 사람이 되었다. 그 흐름은 업무를 할 때도 마찬가지로 나타났는데 내가 맡은 일에 대해서 상사의 후한 평가가 있으면 나도 모르게 '계속 유지가 잘돼야 할 텐데…….'라고 되뇌면서 미리 상사를 실망하게 만드는 것을 우려하곤 했다. 나는 이런 상태의 내가 늘 아슬아슬하게 느껴지고 위태하게 느껴졌는데 그 덕분에 모든 면에서 부단히 노력하게 된 것 같다. 결과를 떠나서 최선을 다해서 열심히 해내면 적어도 후회는 적어지니까.

그 덕분인지 시간이 흘러 30대 중반이 넘어가니 안정적인 흐름에 들어섰다는 느낌을 자주 받게 되었다. 실수는 적어지고 노력한 만큼 모든 면에서 어느 정도 결과물이 생기는 걸 보며 이제는 과거만큼 기복에 대해서 걱정하지 않는다. 가끔 예상 밖의 결과물도 생기긴 했지만, 무엇을 개선하면 더 좋아질지 파고들고 더 나은 결과로 이끄는 과정을 나름 즐기게도 되었달까. 믿거나 말거나 사주에 대기만성형이라니 나는 오랫동안 꾸준히 노력하는 수밖에 없나 보다.

내가 정말 싫어하는 말이자 정말 좋아하는 말

내가 정말 싫어하는 말이 있었다. 그건 바로 '남이사'

그리고 현재는 이 말이 내가 정말 좋아하는 표현 중 하나가 되었다.

경상도에서 자주 쓰이는 표현으로 '남이야'라는 말에서 유래되어 '남이사'가 되었다고 한다. 표준어는 아니라도 일상에서 꽤 자주 쓰이는데 "남이야 그러거나 말거나 나한테 신경을 꺼달라"의 줄임말이다.

"남이사, 내가 이걸 먹든 말든 너랑 무슨 상관이야. 나한테 잔소리 좀 하지 마라. 내가 알아서 할게."

"아니 내가 엄마 건강 생각해서 드시라는 건데 왜 말을 그렇게 해!"

엄마는 이 말을 오래, 꽤 자주 썼다. '남이사'는 내가 뭐를 하건, 너랑 상관없으니 참견 말고 네 할 일이나 하라는 뉘앙스가 담겨 있는지라, 나한테는 너무 정이 없게 느껴지고 서운하게 들렸다. 그래서 그 말을 들을 때마다 엄마에게 짜증을 내곤 했다.

상대방에게 가진 애정의 크기와 표현의 방식이나 정도가 꼭 일치하는 건 아닌데 나는 무뚝뚝하고 차갑게, 때로는 무심하게 내뱉는 엄마의 말들이 나를 덜 사랑하는 것처럼 느꼈던 거다.

내가 괜한 오지랖을 또 부렸나 싶어 서운함과 속상함이 느껴졌다. 그러나 그것도 잠시일 뿐, 몸이 약한 엄마가 건강하게 오래 사셨으면 해서 나도 모르게 자꾸 이것도 드셔보시라 저 운동도 해 보시라 권하게 되었다. 늘 비슷한 반응에 스스로 상처받을 걸 알면서도 자꾸 마음이 앞서서 자제가 되지 않았다. 가족들이 그런 나의 간섭을 귀찮게 여겼음에도 꾸준하게 먼저 다가가고 챙기곤 했다. 나는 늘 나보다 가족을 더 챙기곤 했는데 그때는 그게 애정이고 사랑이라고 생각해서였다.

다정함도 병이라고 했던가 타고난 기질을 숨기지 못하고 나는 밖에서도 지나치게 남을 의식했고, 신경 쓰고 챙기기도 했다. 가족만큼 남을 챙기는 건 아니지만. 겉으로는 늘 밝게 웃고 다녔지만 속은 점점 곪아 갔다. 상대방의 말과 행동이 내가 기대한 것과 전혀 다를 때마다 곱씹어 보고 '그 사람은 왜 그런 말을 했을까, 왜 그런 행동을 했지?'라고 속으로 되물으면서 나를 괴롭히곤 했다. 성향 차이에 의해 누군가는 다른 사람에게 감사함이나 관심을 표현하는 것에 익숙하고 누군가는 서툴기 마련이었다. 또 누군가는 안타깝게도 환경에 의해서 사랑을 충분히 받아보지 않아서 사랑을 받거나 주는 방법을 모르기도 했다. 그걸 알면서도 괜히 기대하고 노력했다가 실망하기를 반복하며 마음을 다칠 만큼 다치고 난 뒤에야 내려놓을 수 있었다.

과한 관심과 간섭은 상대방을 불편하게 만든다는 걸 받아들이기가 20대 후반까진 왜 그리 어려웠는지……. 서른이 되어서야 남에게 지나치게 신경 쓰며 살아가기엔 소중한 인생이 너무 아깝다고 생각했다. 다른 사람들로부터 적당한 거리를 두고 늘 그랬듯 내 갈 길이나 묵묵하고 우직하게 걸어가기로 했다. 내 일도 아닌데 지나치게 집중하고 속상한 부분을 일일이 마음에 담아 두었으니 사는 게 고달프다고 느낄 수밖에.

내가 좀 더 살기 편해져야 했기에 오로지 나 자신을 위한 공부를 해보기로 마음먹었다. 다른 사람을 바꾸는 일보다 나를 바꾸는 쪽이 훨씬 쉬웠다. 틈틈이 세상을 살아가는 지혜를 담은 책, 인간관계, 심리에 관련된 서적을 읽었고 나와 다른 사람의 성향과 차이점을 자연스럽게 좀 더 이해하고 받아들이게 되었다. 그렇게 점점 다른 사람에게 너무 집중되어 있었던 시선을 나의 내부로 돌리면서 여유가 생겨났다.

남이사라는 말을 들을 때마다 엄마랑 거의 싸우다시피 했는데 그런 엄마를 이해하게도 되었다. 남에게 크게 신경을 쓰거나 관심을 두지 않는 점으로 인해 엄마는 스트레스를 크게 받지 않는 편이었고 그건 나에게 꼭 필요한 점이었다.

나한테 누군가 쓸데없이 과한 참견을 한다거나 내가 남을 너무 신경 쓴다고 느껴질 때가 있다. 나는 그럴 때 속으로 "남이사……. 그러거나 말거나"를 외치곤 하는데 대신 겉으로 드러나게 하지는 않는다. 속으로 중얼거리면서 '나한테 신경 좀 끄지. 그리고 나도 더는 눈치 보거나 신경 쓰지 않고 내 할 일에 집중할 거다.'는 의지를 다지는 것이다. 그리고 나면 신기하게도 밖으로 향했던 집중이 다시 나에게로 돌아온다. 남을 덜 신경 쓰고 의식하고 나에게 집중하다 보니 예전보다 사는 게 덜 피곤하고 더 즐거워졌다.

자매품으로 "일단 자고 난 뒤에 생각해 쉬어라.", "되는대로 해라.", "어쩔 수 없지 뭐."라는 엄마의 말도 예전에는 "어떻게 그래! 그게 말이 돼?"라고 반박하며 좋아하지 않았지만, 지나친 완벽주의와 의무감을 내려놓게 만드는 힘이 있어서 좋아하게 된 말이다.

소심해서
일탈도 소심하게

나는 단 한 번도 땡땡이를 쳐본 적이 없었다. 땡땡이를 치고 싶은 욕구가 크지도 않았거니와 그럴 만한 배짱도 없었다. 가출은 꿈꿔본 적도 없었다. 부모님의 지나친 꾸중에 확 집을 나가버리고 싶거나 가끔은 훌쩍 떠나서 바닷가라도 가고 싶은 충동이 일어날 때도 있었지만 뒷감당할 자신이 없어서 그냥 가만히 방구석에 틀어박혀서 혼자 씩씩거리다가 말았다. 종종 구시렁대거나 말대꾸는 했지만 대부분 부모님이 시키고 원하는 대로 잘 따르며 학교를 착실히 다녔다. 사춘기도 없이 지나간 나와 다르게 소위 '노는 아이'들은 땡땡이를 자주 쳤지만, 적당히 공부하고 적당히 규칙을 어겨가며 학교생활을 이어갔다. 나도 때로는 부모님, 선생님, 친구들의 눈치를 보지 않고 그들처럼 살아가고 싶기도 했지만, 그럴 수 없다는 걸 스스로가 잘 알았다.

중학교 3학년이 되면서 미술을 배우기 시작했는데, 수업을 마치면 미술 학원에서 열심히 그림을 그렸다. 밤늦게까지 그림을 그리다 집으로 돌아가곤 했는데 하루는 학원을 같이 다니던 친구와 공원을 거쳐 조금 돌아서 집으로 가게 되었다. 잔뜩 지친 채 집으로 들어서자마자 꽤 가까운 거리에서 두꺼운 책이 날아들었다. 하마터면 책 모서리에 얼굴을 세게 맞을 뻔했다. 지금이 몇 시냐며 어디서 뭘 하다 온 거냐 남자애들이랑 놀다 왔냐는 아빠에게 아무리 상황을 설명해도 아빠는 믿어주지 않았다. 태어난 이래 손에 꼽게 서러운 날이었다.

그 후로도 특별히 문제를 일으킨 일이 없는데도 부모님이 나를 믿어주지 않는 일은 종종 있었고, 그럴 때마다 세상이 무너진 듯 공허해졌다. '성적이 뛰어나지 않아서 날 믿어주지 않는 걸까?' 그래서 부모님에게 보란 듯이 결과물을 보여주고 싶어서 나를 갈아 넣기 시작했다.

덕분에 명문대는 아니어도 서울에 있는 대학교에 입학해서 4년 내내 과대를 이어가며 가끔은 장학금도 받았다. 심할 때는 일주일에 다섯 시간을 자며 살아가는 나를 부모님은 기특하게 여겼다. 엄마는 "예쁜 우리 딸!"이라고 불러주었다. 예체능 하는 사람치고 지나치게 반듯한 일상을 보내는 가운데 의도치 않게 일탈이 조금씩 생겨났다. 밤샘 과제를 하며 맥주 한두 캔이나 과실주 한 병으로 버티는 것이 낙이 되었다. 그렇게 방구석에 맥주캔과 술병이 야금야금 쌓여 갔지만, 쌓아 두던 나도 방을 치워 주던 엄마도 크게 이상하다고 느끼지 않았다. 졸업을 앞두고 건강 검진을 받다가 간 수치가 안 좋다는 소리를 듣고 금주하지 않았다면 아마 나는 알코올 중독이 되었을지도 모른다.

"엄마 나 너무 쉬고 싶어. 운동장 열 바퀴를 돌았는데 계속 더 돌아야 하는 느낌이야." 나는 내가 제발 일탈해 주기를 바랐다. 몇 년 동안 이어진 잦은 밤샘으로 나는 지칠 대로 지쳤고 간절하게 휴학하고 싶었다. 그런데도 나는 쉬지 못했다. 재수해서 남들보다 1년 늦었는데, 휴학까지 하면 다른 아이들을 따라잡을 수 없을 거라 여겼다. 그렇게 꾸역꾸역 졸업했고, 사회인이 되었다.

그 후로 나를 유일하게 있는 그대로 지지해 주던 외할머니와의 작별, 가족과의 갈등, 남자 친구와의 이별, 건강 문제 등 연이어 쓴맛을 잔뜩 보았고 견디기 어려울 만큼 괴로워졌다. 마음이 터질 듯이 답답해도 어디로 멀리 훌쩍 떠나지는 못하고 지하철로 쉽게 이동할 수 있는 정도의 거리 안에서 걷고 또 걸었다. 길거리를 걸으며 가게를 구경하기도 하고 다른 사람들을 관찰하고 지켜보다가 오는 시간이 대부분이었다. 그때는 그게 최선이었다. 착실한 어른이 되었지만 어디로 나아가야 하는지 몰랐다. 일상을 확 벗어나 돌연 바다를 보고 오는 일은 마치 드라마 속에나 있을 법한 이야기 같았다.

학생 때처럼 나의 일탈은 여전히 지질하기 짝이 없었다. 19층 정도 되는 높이의 창밖을 내다보며 마치 높은 탑 위에 갇힌 라푼젤처럼 한숨을 푹 쉬었다. '나를 가둬 놓은 사람은 아무도 없는데 왜 꼭 갇힌 것 같냐?' 가슴 한가운데가 뻥 뚫린 것 같고 뭔가 잘못되어 가는 것 같았지만 뭔지 알 수 없었다. 크게 문제가 없는 삶, 부모님의 기대를 충족시키기 위한, 남들에게 그럴듯해 보이기 위한 것들로 채워온 날들이었다. 그

것들이 무너지자, 마음을 쉽게 일으켜 세우지 못했고, 속절없이 무너져갔다.

불현듯 미술 학원을 마치면 삼삼오오 모여서 친구들이 담배를 피우던 모습이 떠올랐다. 힘들 때 사람들은 담배를 찾던데, 연기를 내뱉는 게 한숨 대신 내뱉는 거라고 했다. '나도 한 번 피워볼까? 그러면 속이 좀 시원해지려나.' 편의점에 가서 담배 두 갑을 샀다. 같은 과 선배가 피던 거였는데, 하나는 시원한 향, 나머지는 커피 향이 나는 담배였다.

숨이 턱턱 막힐 듯한 날이면 나는 상자 안에 숨겨두었던 담배를 꺼내 물고 딱 한 개비씩 피웠다. 부모님과 함께 살고 있을 때여서 몰래 피웠어야 했다. 입 안 가득 연기를 머금었다가 내뿜어 보니 조금 효과가 있는 거 같았지만, 2초가 지나자 다시 가슴이 답답해졌다. 그렇게 몇 번 반복하다 그만두었다. 멋대로 살아가는 친구들이 부러웠었지만 어쩌면 그 아이들도 속은 행동만큼 그리 자유롭고 편안한 상태는 아니었을지도 모르겠다.

당시 나의 소심한 일탈은 나름 살아보려는 발악이었다고 생각한다. 속이 뻥 뚫리는 과감한 행동은 하지 못하는 건지 답답했지만 그리 타고난 걸 어쩌랴. 지금도 나는 종종 일탈을 꿈꾸며 여전히 지질하다. 다만 술을 매일 야금야금 마신다거나 담배를 피우는 대신 좀 더 건강한 선택을 한다. 한 번도 가보지 않았던 낯선 전시회에 가보거나 모임에 참석해 본다거나 하는 식으로 말이다.

칭찬 스티커 대신 형광펜 칠하기

'그냥 운동 부족이에요. 운동하면 나아요. 집 근처에 있는 헬스장이나 크로스핏을 가세요.'

극심한 통증이 생긴 지 얼마 안 되었을 때 원인을 찾아보려고 부산에 있는 큰 대학 병원에 갔을 때였다. 분명히 사정을 설명했는데도 의사는 들은 척도 하지 않았고, 아주 가벼운 톤으로 한심하다는 듯 웃으며 운동 부족이라고 말했다. 하도 아프다고 하니 통증을 줄여주는 주사를 놔준다고 했다.

'이 사람 의사가 맞나?'

나는 바퀴 달린 동그란 진료 의자에 앉아 얼떨결에 목을 맡겼다. 좀 살만해지는가 싶더니 주사의 효과는 반나절도 가지 않았다. 큰 한방 병원에도 가봤다. X-ray 검사, MRI 검사도 받았건만 원인은 못 찾고 비싼 약만 처방받았었다. 통증이 너무 심해서 침대 위에 똑바로 눕기도 어렵고 머리를 쥐어뜯고 울부짖기 일쑤였다. 온몸에 파스를 10장 이상 덕지덕지 부착하면 그나마 살만해져서 늘 달고 살았는데, 파스를 부착한 쪽의 피부가 상해서 마치 뱀 껍질 같았었다.

통증 관련 카페 활동과 인터넷 검색을 수시로 하던 끝에 치료할 만한 통증 의학과를 찾았다. 재활 치료를 받으러 가는 길은 그렇게 즐겁지는 않았다. 걷는 것은 여전히 불편했고, 주로 혼자 택시나 지하철을 타고 병원에 갔는데, 차멀미가 제일 힘들었다. 치료받기 위해 부산에서 서울로 다시 올라왔을 때, 몸의 오른쪽 전체에 걸쳐 마비 증세가 있어 걷기도 어려웠지만 그래도 치료를 받으러 다닐 수 있는 자체에 감사함을 느끼려고 했다.

가끔 "아프지 않으세요?" 치료해 주시던 의사 선생님, 물리 치료사 선생님이 나를 신기하게 쳐다보며 물었다. 특히 체외 충격파 치료는 망치로 어깨를 두드리는 듯 아팠지만 나는 씁쓸하게 웃으며 평소 통증에 비하면 오히려 시원하다고 대답했다. 점심때쯤 병원에 가서 주사와 시술, 그리고 물리 치료와 운동 치료 등을 마치고 나오면 저녁이 되었다. 잠실에는 예쁜 구두와 가방을 메고 단정한 세미 정장을 입은 직장인들이 거리에 가득 찼다. 어쩐지 피곤해 보이는 얼굴들이었지만 퇴근길답게 활기도 넘쳐 보였다. 추위에 발을 동동 구르며 약속 상대에게 전화를 거는 사람, 친구의 팔짱을 끼고 가는 사람, 서로의 볼을 쓰다듬어 주는 연인 등 모두가 부러웠다.

그 시기에 나를 가장 힘들게 만들던 글은 '그래도 건강한 몸이 있으니 힘을 내시라.'는 종류의 글이었다. 비교는 하고 싶지 않았지만, 나는 꽃다운 나이었고, 한창 일할 나이었다. 다른 또래들이 건강해 보이는 몸으로 거리를 활보하는 것을 볼 때마다 어쩐지 초라해졌다.

"응, 엄마. 방금 치료 잘 받고 이제 집에 가려고. 응 괜찮았어."

나도 괜히 외로워져서 엄마에게 전화를 걸곤 했다. 통화를 마칠 때쯤에는 지하철역에 도착하곤 했다. 여력이 되면 종종 제2 롯데타워를 들러서 구경하곤 했다. 완공된 지 얼마 안 되었을 때라서 볼 것이 아주 많았다.

그렇게 치료와 재활 덕분에 점점 일상생활이 가능해졌다. 파스를 여전히 붙여야 했지만, 할 수 있는 것들이 많아질수록 희망도 커졌다. 건강해지면 하고 싶은 일들을 그려봤다. 집 아니면 동네 산책 아니면 병원 가는 일이 대부분이었던 일상 기록장에 점점 자잘한 기록이 늘어갔다.

혼자서 치료 다니기 시작한 날은 물론이고 파스를 다른 날보다 두 장 덜 부착했다거나 하는 일도 나에겐 특별한 일이었다. 일정을 잘 마치고 한참을 걸어서 채소빵과 생강차를 사 먹을 수도 있게 되었는데, 참 맛있었다거나 하는 자잘한 것들을 적기도 했다. 그렇게 감사함으로 채워가다 보니 나에게도 기적이 찾아왔다.

매일 아침 생생하게 꽃길을 걷는 상상을 하곤 했는데, 재활을 마치는 날 나는 꿈에 그리던 꽃길을 큰 불편함 없이 걸어가게 되었다. 지하철역으로 가는 길에 흩날리는 벚꽃 잎이 꿈길을 걷는 듯 아름다웠다. 여전히 통증은 남았지만, 일상을 되찾은 것이 너무 행복했다. 다시 회사에 다닐 수 있게 되었고 북튜버로 활동도 활발하게 이어갔다.

시간이 좀 더 흐르고 나는 5km 마라톤의 도전에도 성공했다. 비록 걷다시피 완주했지만 목에 완주 기념 메달을 건 채 시원하게 캔맥주를 마셨다. 배낭을 메고 소풍 가는 기분으로 남산으로 단풍 구경을 가기도 했다. 침대에 누워, 차 타고 병원을 오가며 잠깐씩 창문 밖으로 구경하던 단풍을 두 눈으로 담고, 바스락거림을 느끼며 밟고 올라가며 또 주워서 손으로 만져보며 나는 또 눈물이 왈칵 차올랐다. 꽃구경을 간 것이 너무 오래전 일이라 현실같이 느껴지지 않았다.

초등학생 때였나, 그 이후로는 숨 가쁘게 달려오느라 자연을 눈에 담을 틈도 없었다. 뭐가 그렇게 중요하고 바쁘다고 그리 정신없이 살았나 싶었다. 예전에는 한 달을 마치고 돌아보며 한 게 별로 없다고 말하던 나였다. 남들이 어느 정도 부러워할 만한 학업 성적, 회사에서 성과를 냈었을 때만 기록하고 형광펜으로 칠했었다. 30일 중 색이 칠해진 날은 한두 개 있을까 말까 했었다.

정상적으로 생활을 하는 것이 불편해지니 작은 것 하나도 당연한 것은 없다는 것을 온몸으로 느끼게 되었다. 사고 전에는 당연히 할 수 있었던 것들을 어렵게 다시 할 수 있게 되면서 작은 것 하나도 더 특별하게 느껴지기 시작했다. 크고 작은 소중한 순간들이 모두 같은 색의 형광펜으로 칠해졌다. 유난히 힘들고 회사에서 일이 이리저리 꼬이고 치이는 날이라고 해도 아주 작은 거라도 내가 새롭게 해낸 일이 있다면 색을 입혔다. 그렇게 특별하게 느껴지는 순간들이 늘어나면서 월평균 8일 정도는 색칠이 되어 있는 것을 보게 되었다. 야박하게 굴었던 나 자신에게 상당히 평가가 후해진 느낌이다. 힘든 날, 기쁜 날이 모두 곱게 칠해져 한 달, 두 달, 점점 쌓여간다. 올해도 이렇게 지내다 연말이 되면 나의 일상 기록장에는 색칠한 날들이 많겠지. 지지난해에도 지난해에도 그랬던 것처럼.

안 괜찮아서 찾아간 서점

나는 서점 특유의 냄새가 좋았다. 온몸이 노곤해지는 안전지대에 들어선 느낌이었다. 지치고 힘들 때 서점에 가면 힘이 생기곤 했다. 삶에 대해 의문투성이인 나에게 서점은 적절한 답을 주는 곳이었다. '책 처방'이란 말이 괜히 생긴 것이 아니었다. 어렸을 때부터 책 읽기를 좋아했지만 중, 고등학생 때는 필수 도서를 읽느라, 또 대학교에 가서는 취직 준비하느라 마음껏 읽지 못했다. 그렇게 사회에 나가기까지 서서히 마음이 곪아 터지고 나서부터 다시 책을 마음껏 읽게 되었다.

큰 기대는 없었지만 반신반의하며 달콤한 위로의 말이 가득한 책을 사서 집으로 돌아왔다. 북튜버(책을 소개하는 유튜브)로 채널을 운영하면서 주로 책을 낭독하고 소개하기에 더 깊고 다양하게 음미해 볼 수 있었다. 특히 좋았던 구절을 천천히 소리 내서 읽으면서 때로는 전율을 느끼기도 했다. 목구멍을 타고 울리는 위로가 온몸으로 따스하게 퍼져갔다.

'어떤 심정으로 이런 글을 적게 된 것일까?' 책을 소개하다 보니 나는 그 글을 쓴 이의 마음을 읽어보려고 했다. 이 말을 적게 되기까지 얼마나 많은 날을 힘들게 보냈으며, 그 어려움을 딛고 위로의 말을 전하게 되었을까를 곰곰이 생각해 보았다. 그래서였을까. 그때부터 그저 영혼 없는 위로나 응원으로 여겨졌던 문구가 진심 어린 것으로 느껴졌고 내 가슴에 와닿았다. 그와 나의 삶이 텍스트로 연결이 된 것 같았다.

책 읽기를 좋아한다면 낭독을 해보라고 권하고 싶다. 책 구절이던 친구가 건네는 말이건, 다른 사람이 아무리 백날 괜찮다고 말해줘도 스스로 소리 내서 괜찮다고 해주는 것만큼 좋을 수는 없었다. 때로는 읽다가 울컥하며 눈물을 흘리느라 말을 잇지 못해 녹음을 중단하기도 했다. 왜 나는 다른 사람들에게는 그토록 좋은 말을 많이 해주고 살면서 나에게 괜찮다는 말 한마디 쉽사리 해주지 않았을까? 다른 사람들에게 해주던 따뜻한 말, 실은 내가 나에게 가장 하고 싶었던 게 아니었나 싶었다. 한동안 나의 책장에는 위로와 응원을 가득 담은 서적으로 넘쳐났다. 내가 나에게 들려줄 생각에 제목만 봐도 힘이 났다. 책 소개 영상 댓글에 '덕분에 편안한 밤 보내고 있어요. 감사합니다.', '오늘부터 나에게 괜찮다고 말해주려고요.'와 같은 댓글을 보면 얼마나 뿌듯했는지 모른다.

그러나 감동은 감동이고 내 삶이 바뀌고 괜찮아지려면 그것만으로는 부족했다. 무의식에서부터 올라오는 '아니야 나 안 괜찮은데?'라고 반발심이 드는 날들이 훨씬 많았다. 그래서 나는 책에서 받은 감동을 진짜 내 것으로 만들기 위해서 몇 년 동안 꾸준히 노력해 갔다. 마음 깊이 괜찮다는 말을 받아들일 수 있도록 책을 한 권 읽고 와닿는 부분이 있으면, 아주 작은 부분이라도 바로 내 삶에 적용해 봤다.

책에서 감명받은 구절이나 긍정 확언 등을 필사했다. 하루에 감사한 점 3가지 이상을 노트에 적는 감사 일기라던가 거울을 보며 매일 미소 짓기, 나에게 사랑한다고 말하기 등을 꾸준히 실천했다. 처음에는 이런 것들이 효과가 있을까 싶기도 하고 어색하기도 했지만, 하면 할수록 익숙해졌고 하지 않으면 오히려 허전할 지경이었다. 몇 달만 지속해도 효과가 꽤 있었지만, 2년 이상 시간이 지나자 정말로 나도 내 삶도 괜찮다는 생각이 들었다.

최근에 글을 쓰면서 문장을 썼다 지웠다 반복하는 시간이 적지 않아서 그런지 다른 이가 쓴 책을 보면 문장 하나에 담긴 의미와 무게를 가늠해 보곤 한다. 양초로 흰 종이에 글씨를 쓰면 아무것도 안 보이지만 촛불을 비추는 순간 숨겨져 있던 글씨가 그을음과 함께 드러나는 것처럼 문장 뒤에 숨겨진 말들을 생각해 본다. 그들도 나처럼 괜찮아져서 괜찮다는 말을 텍스트로 담아 누군가에게 전하기까지의 많은 아픔이 있었을 것이다. 정말 눈물나게 아름다운 연결이다.

꽃이 좋아지면 나이 든 거래

"꽃이 좋아지면 나이 든 거래."

친구가 흘리듯이 한 말에 주변 어머님들의 카카오톡 프로필이 자동으로 머릿속에 그려졌다. 사진첩에도 꽃 사진이 가득하다지. "그래?" 나는 아무렇지 않은 척했지만 길 가다가 찍은 잔디, 나무, 꽃 사진이 가득한 내 사진첩이 떠올라서 괜히 머쓱해졌다. 누군가 내 사진첩을 열어 본다면 '우리 엄마인 줄'이란 말이 나올 법했기 때문이다.

내가 식물을 가까이하게 된 것은 일에서도, 인간관계에서도 그 어디에서도 정을 붙일 데가 없다고 느꼈을 때였다. 나는 항상 다른 사람의 말을 경청하고 들어주려고 노력했는데, 나의 말에 진심으로 귀 기울이는 사람은 없었다. '그래. 그 친구는 바쁘니까.', '뭔가 사정이 있겠지.'

이리저리 이해해 보려고 애써 봐도 가슴 한구석이 뻥 뚫린 것 같았다. 관심과 애정이 고팠기에 여러 이성 친구를 만나 얕고 가벼운 관계를 이어가기도 했지만, 깊은 관계를 맺는 것은 두려워서 짧게 만나고 헤어지기를 반복했다. 그럴수록 내 속은 결국 더 공허해질 뿐이었다.

'다 부질없네.'

나는 인간관계에 대한 기대를 접고 점점 혼자만의 시간을 가졌다. 동물을 기르는 것이 정서적 안정에 도움이 된다기에 강아지나 고양이를 기르고 싶었지만, 당시 알레르기가 심해서 그마저도 쉽지 않았다. 털이 없는 스핑크스 고양이를 반려묘로 들일까도 고려해 봤다가 인터넷에 검색해 보고 조금 징그럽고 무서워서 생각을 접었다. 거북이나 물고기를 기르는 것도 고려해 왔으나 어쩐지 내키지 않았다. 그러다 선택하게 된 것이 초대형 화분이었다. 거의 베란다 전체를 차지하는 원목 화분으로, 바퀴가 달려서 쉽게 이동시킬 수도 있었다.

일부러 장갑을 끼지 않고 흙은 직접 손으로 만져 가며 하나씩 정성껏 심었다. 화분 아래쪽은 배수가 잘 되는 마사토를 깔고, 위쪽은 영양분을 고려하여 부엽토 등을 잘 섞은 흙을 손으로 토닥토닥 다지면서 어린 시절 흙 놀이하던 때로 돌아간 것 같은 기분도 들었다. 유행하던 공기 정화 식물을 골고루 촘촘하게 심었다. 개운죽, 몬스테라, 테이블야자, 아레카야자 등이었다. 내가 똥손은 아니었던 건지, 해가 잘 드는 곳이어서인지 아니면 나의 사랑을 받아서 그런지는 몰라도 쑥쑥 잘 자라 주었다.

"안녕? 오늘 날씨가 참 좋네."

물론 식물이 내 말을 듣고 있는지 아닌지는 모르겠지만 나는 매일 물을 주며 인사를 하고 다정하게 말을 걸곤 했다. "아이 예쁘다." 조금씩 꾸준히 계속 자라나는 것이 기특했고, 고마웠다. 걔네가 말을 할 수 있는 것은 아니었지만, 마치 내가 애정을 쏟는 것에 화답이라도 하듯 싱싱한 잎과 풍성한 꽃을 피워 보이는 것을 통해 충분한 교감이 이루어졌다. 나는 가끔 잎사귀를 쓰다듬어 주기도 했다.

그 밖에도 크고 작은 화분들을 별도로 키웠는데 유난히 애정을 쏟았던 화분은 꽃기린이었다.

붉은 꽃잎이 참 예뻤는데 몇 년간 나무가 될 기세로 자라다가 이사하는 도중에 죽어 버렸다.

재활 시기에 나에게 기쁨을 주던 친구여서 참 많이 슬펐던 기억이 난다. 몸도 마음도 아팠던 시간 동안 많은 인간관계가 정리되었다. 힘들 때 곁에 있어 주던 소수의 인원만 남기고 모조리 떨어져 나갔다. 그래도 내 곁을 온전히 지켜준 초록이들 덕분에 마음이 한결 편안해지고 점차 안정을 되찾을 수 있었다. 말하지 않아도 안정감을 주는 사이, 초록빛 몽글몽글함이 우리 사이에는 있었다.

그 뒤로 나는 식물을 쭉 사랑하게 되었다. 지금 사는 곳은 안타깝게도 해가 방 안쪽까지 충분히 들지 않아서 기르기가 어렵다. 대신 밖에서 길을 오가며 화단에 핀 꽃이나 나무를 보고 길을 멈춰 서서 실컷 구경하다 사진에 담는다. 꽃집 앞에서는 자동으로 발걸음이 멈춘다. 종종 어머님들과 나란히 서서 꽃을 관찰하게 되기도 하는데 그럴 때 나도 모르게 웃음이 터지더라.

일찍부터 나이에 비해 굴곡진 인생을 살아서 그런지 나는 또래보다 나보다 한참 나이가 많은 분들과 통하는 것이 많았다. 그러다 보니 자연스럽게 나이가 들면서 꽃이 좋아지는 건 왜 그런 걸까 곰곰이 생각해 봤는데 어쩌면 이리저리 세상 속에서 치이다가 나처럼 꽃을 통해 위로와 안정감을 받고 싶은 것이 아닐까 추측해 본다. 굳이 피곤하게 하소연하거나 구질구질하게 이런 말 저런 말 늘어놓지 않아도 되고 말이다. 강아지와 고양이도 마찬가지고.

때로는 다른 생명체가 주는 위안이 사람보다 더 다정하게 느껴지는 걸 보면서 인간 외에도 다양한 종이 이 세상에 존재하며, 서로 의지하고 살아가고 있다는 것을 새삼 느끼고 있다.

2장

그래
이게 나인데
뭐 어쩌겠어

여러분의
무사 생존을 빕니다

똑하고 샤프심이 부러지는 소리, 사각사각거리며 종이에 글씨를 쓰는 소리가 사방에서 날아들었다. 최대한 작게 속닥거리지만 묘하게 더 거슬리는 말소리는 날카롭게 귓속으로 파고들었다. 나도 모르게 한숨이 새어 나왔다. 겨우 마음을 다스리고 공부에 집중했다. 중간고사가 코앞이었다.

옆자리에서는 쉬지 않고 복 나가게 다리를 덜덜 떨어댔고, 그 옆자리에 있는 사람은 3분마다 하품을 했다. 뒤쪽 어디선가 훅 하고 초콜릿 과자 향이 흘러들어와 코 안으로 퍼졌다. 애써 모은 집중력이 잠시도 안 돼서 모래알처럼 흩어졌다. 왜 사람의 눈은 사방으로 뚫려 있는 것일까? 굳이 아까운 돈을 써가며 독서실에 온 것을 후회했다. 머리를 쥐어뜯을 뻔하다가 가까스로 참아냈다. 독서실 조명은 너무 밝아서 눈이 아렸고 의자도 지나치게 딱딱했다.

'아 미치겠네. 집에서 공부할 걸 그랬다.'

시험공부를 하는 것인지 온갖 자극을 견디는 시험을 치르는 중인지 헷갈릴 지경이었다. 차라리 집에 가서 편하게 공부해야겠다고 마음을 먹자 얼른 집으로 달려가고 싶었다. 펼쳐놨던 교과서랑 문제집을 챙기고 독서실을 나서니 발걸음이 가벼워졌다. 그렇게 몇 번을 해보고 나니 나는 도저히 독서실에서 공부할 체질은 아니라는 결론이 내려졌다. 한 달 치 이용권 말고 일일 사용권을 이용한 것이 다행이었다. 독서실과 마찬가지로 도서관, 카페 등 외부에서 공부하는 게 집중이 잘된다고 하는 사람들이 이해가 잘 안 갔다. 이미 극도의 피로감에 젖은 채로 집에 도착했다.

'역시 집이 최고야.'

비슷한 이유로 나는 야간 자율 학습에 거의 참여하지 않았다. 원래는 의무 참여였지만 실기 시험 비중이 높은 디자인학과 준비생인 덕분에 면제받을 수 있었다. 정말 다행이었다. 독서실과 마찬가지로 방과 후에 남아서 공부를 해보니 제대로 집중할 수 있는 시간이 한 시간이라도 될까 싶었다.

미술 학원에서 돌아와 의자 위로 촉감이 유난히 거친 스웨터를 벗어 던졌다. 맨살에 닿지 않게 안에는 민소매 옷을 받쳐 입었었다. 직접 스웨터가 닿았던 목 주변에는 새빨갛게 알레르기가 올라왔다. 예민함을 줄일 수 있다면 영혼이라도 팔고 싶었다. 혹시나 그 안에 답이 있을까 싶어서 예민함을 주제로 한 책은 모조리 읽었다. 온갖 자극이 난무하는 세상에서 초 예민한 사람으로 사는 것은 몇몇 책에서 표현한 대로 생존법을 익혀야 할 정도였다. '매우 예민한 사람들 자가 진단 테스트'를 해보니 거의 다 해당이 되었다. 나는 고통, 맛, 소리, 냄새나 자극에 매우 민감하고, 쉽게 깜짝 놀라고 각종 변화에도 취약했다. 다른 사람의 기분이나 감정에 함께 동요되는 일이 잦았다. 마치 나의 일처럼 공감하고 생생하게 몰입했다. 수시로 감정이 그들과 함께 롤러코스터를 탔다. 여기저기 공감하고 들어주다가 날이 샐 판이었다. '예민함을 극복한 천재들의 사례'를 보며 기대가 절망으로 바뀌었다.

예민함으로 인한 장단점이 나열되어 있었는데 단점이 8할로 압도적으로 컸다.

'뭐야. 위로가 전혀 안 되잖아.'

'예민함이 어떻게 축복이야. 그 반대지.' 화딱지가 났다.

스트레스 덜 받고 건강하게 살아가려면 예민함을 극복하는 건 선택이 아니라 필수였다. 천재가 아니어도 좋으니까 예민하지 않으면 좋겠다. 다 읽고 나니 '생존 키트'와 '생존 매뉴얼'만 달랑 던져주고 '여러분의 무사 생존을 빕니다. 부디 안전한 인생길 되십시오.'라고 말하는 것 같았다. 이론과 실전은 달랐다. 조금씩 '나만의 예민함 매뉴얼'을 만들어 갔다. 예민함 해소에 가장 크게 도움이 된 건 부정적인 사고 패턴을 긍정적인 사고 패턴으로 바꾸어 나가는 것이었다.

이왕 예민하게 태어났으니 불평불만만 할 것이 아니라 직접 축복으로 바꾸어 가보자고 마음을 먹었다. 몸과 마음을 풍요롭게 만들어주는 것으로 내 주변을 채워 나갔다. 시끄럽고 자극적인 소리가 견디기 어려우니 대신 마음을 편안하게 만들어 주는 피아노곡이나 명상 음악을 자주 들었다. 특히 컨디션이 좋지 않을 때는 북적이는 공간 대신 조용한 카페나 서점에서 시간을 보냈다. 자연을 가까이하지 못했던 찐 도시 사람이었지만 없는 시간을 만들어서라도 산책하고, 가끔은 산과 호수 등을 찾았다.

스트레칭과 운동, 명상은 밥 먹듯 가까이했다. 밝고 긍정적이고 마음을 따뜻하게 어루만져 주는 글을 읽고, 보고 말했다. 그렇게 주변을 8할 이상 아름다운 것들로 채우다 보니 예민함의 단점에 파묻혀 있던 장점을 살릴 수 있었다. 누가 옆에서 부스럭거리거나 말거나 의자가 불편하거나 말거나 영감과 창의력이 샘솟았다. 세상을 더 생생하게 피부로 느끼는 만큼 남들보다 더 세상을 잘 이해할 수 있었다.

예민함이 없었다면 몸과 마음을 풍요롭게 만드는 수많은 것들을 이만큼 가까이했을까. 아직 예민함으로 인해 고단한 부분이 많지만 독특함으로 빛나는 내 삶을 사랑한다. 오늘도 퇴근길에 하늘을 보며 다짐해 본다. 예술가이자 '상처를 극복한 치유자'로서 살아가라고 내려진 이 축복을 섬세하게 활용하면서 살아갈 거라고.

내가 소심하다고?

"제가 소심하다고요?"

명상 전문가 선생님께 심리 상담을 받으면서 소심하다는 말을 처음 들었을 때 나는 적지 않은 충격을 받았다. 어렸을 때부터 집에서나 밖에서나 항상 적극적으로 나서고 활동하며, 나름 리더 역할을 많이 했었기에 더 그랬다. 선생님께서 그렇게 판단한 이유를 조곤조곤 설명을 해주셨는데 처음에는 쉽게 받아들일 수 없었다. 그 뒤로 몇 차례 더 시간을 가지면서 차근차근 말씀을 듣고 보니 그간 내가 소심함의 뜻을 잘못 이해하고 있었다는 것을 알게 되었다.

'소심'하다는 것은 '대범함'의 반대 의미인데 나는 소심하다는 것을 '낯을 잘 가리거나 소극적'인 것으로 알고 살아왔기에, 소심하다는 것은 나랑은 거리가 먼 단어라고 생각했던 거였다.

난생처음 듣는 얘기였고, 머리가 조금 멍해졌지만 이내 나를 돌아보게 되었다.

'내가 어떤 모습으로 살아왔었지?'

눈을 감고 앉아 있으니 평소 남들 앞에서 자주 눈치 보고 긴장하며 위축된 내 모습이 보였다.

큰소리를 내면서 강하고 거친 태도를 보이는 사람 앞에 서면 특히 더 그랬다. 그런 상황을 떠올리기만 했는데도, 가슴이 두근대면서 몸이 떨리기도 했고 의자에 앉아 있는 나의 어깨가 긴장으로 인해 둥글게 말려왔다. 순간 나 자신이 한없이 작은 존재처럼 느껴졌다. 그러고 보니 소심한 것 같기도 한데, 또 한편으로는 소심하다는 것이 '그릇이 작다', '소인배 같다는 뜻'이라니 울컥하는 마음이 들면서 반발심도 올라왔다.

나는 둥글게 말려 있던 어깨를 쫙 펴면서 '아니야. 나 안 소심해! 그건 상대적으로 선생님이 그릇이 크고 대범한 분이시니 그렇게 보이는 거겠지.'라고 부정하며 집으로 돌아왔다. 그러나 이내 내가 소심하다는 걸 받아들일 수밖에 없었다. 며칠이고 밤낮으로 그 생각을 계속 붙잡고 곱씹고 또 곱씹으며 기분 상해하는 나를 발견했기 때문이다.

진짜 대인배라면 그런 말을 듣고 나서 어떻게 했을까 생각해 봤다. '아! 내가 소심한 면이 있구나. 그렇다면 어떻게 하면 더 대범해질 수 있을까?'하고 쿨하고 여유롭게 받아들일 수 있지 않았을까? 나는 대범해지기 위해서 먼저 내가 소심하다는 것을 인정하기로 했다.

'맞아. 어릴 때 내가 혈액형이 A형이라서 소심한가? 라고 살짝 속상해했던 기억도 나네.'

소심함에 대해서 찾아보다 보니 내향적이고 수줍음이 많은 성격 또는 소극적이라는 뜻으로 잘못 이해하고 사용하고 있는 경우가 흔한 듯했다. 그래서 나처럼 본인이 소심하다는 것을 수십 년간 또는 평생 모르고 살아가는 경우도 부지기수로 보였다. 소심한 사람들의 특징도 일치하는 부분이 상당했다. 나는 어려운 상황이나 곤란한 일이 생기면 쉽게 위축이 되곤 했다. 긍정적인 생각보다는 부정적인 생각에 쉽게 빠지고, 자책이나 자기 비하를 하기도 했다. 쉽게 긴장하고 불안해지고 스트레스도 잘 받았다. 자신감이 부족하기에 우유부단해서 결정을 잘 내리지 못하는 경우도 종종 있었다.

왜 그런 성향을 지니게 되었을지 깊이 생각해 봤을 때 기질적인 것보다 살아온 환경에 기인한 것이라고 잠정적 결론을 내렸다. 내 의견을 존중받기보다는 항상 부정당하는 상황에 자주 놓였었고 그 과정에서 자신감과 자존감 모두 떨어졌었다.

초등학생 저학년 때만 해도 담임 선생님께 자기주장이 다소 강하다는 평가를 들었던 나였다.

집에서는 늘 고집이 세다는 말과 함께 나의 의견이 무시당하곤 했다. 그렇게 여기저기서 지적받고 충돌하는 일이 반복되면서 나는 남들이 모났다고 하는 부분을 감추고 또 깎아 버렸다. 그렇게 둥글게 바뀌어 가면서 나는 소심한 사람이 되어버렸다. 이런 이야기가 나만 해당이 되는 것은 아닐 것 같다. 가끔은 내가 만약에 외국에서 태어났다면 눈치 보지 않고 나의 개성을 맘껏 드러내면서 자신감 넘치게 살지 않았을까 하는 생각도 했다.

어렸을 때 수영장을 처음 다니게 되면서 물에 대해서 두려움을 느꼈던 적이 있었다. 차디찬 물속에 뛰어들면 넓고 깊은 수영장 아래에 잠길 것만 같았다. 어느 날 동화책 한 권을 읽고 나는 수영을 즐기게 되었다. 〈차키〉라는 다람쥐의 모험 이야기였다. 자세한 내용은 기억은 나지 않고, 그 다람쥐도 세상이 낯설고 두려워서 벌벌 떨었지만 결국에는 용기를 가지고 바깥세상을 신나게 모험하는 내용으로 기억한다. 다람쥐 〈차키〉에게 용기를 얻은 나는 씩씩하고 용감하게 수영을 즐기게 되었고, 나중에는 제법 잘하게 되어서 수영 선수반 직전까지 다니게 되었다.

그랬던 내가 이렇게 남의 눈치를 많이 보고 빙판 위를 걷듯 매일 가슴 졸인 채 살고 있다니 서글픈 일이 아닐 수 없었다. 그때로 완벽하게 되돌릴 수 있을지 자신은 없지만 그래도 되찾고 싶다. 남들이 뭐라고 하든 적어도 내 고유의 개성, 나다움은 잃지 말자고, 이제 더는 스스로 기를 죽이지는 말자고 오늘도 다짐한다.

두 다리 쭉 뻗고 잘 수 있다면

'혹시 인쇄소에 최종 파일을 잘못 넘겨준 건 아닐까?'

거래처에 최종 파일을 넘겨준 날 밤이면 누워있는 내 머리맡으로 수많은 걱정과 불안이 검은 뱀처럼 스멀스멀 기어 올라오곤 했다. 대학을 갓 졸업하고 디자이너로 일하게 된 후로 인쇄 사고를 낸 적이 몇 번 있었던 영향인 듯했다.

한 번은 분명히 최종 파일을 확인하고 또 확인하고 넘겼건만 출력된 인쇄물에 오타가 발견되는 바람에 여럿이서 달려들어 급하게 오타를 수정하는 스티커를 부착해야 했다. 욕은 좀 먹었어도 다행히 큰 문제는 아니어서 작은 에피소드 정도로 넘길 수 있었다. 그러나 또 다른 문제가 생겼을 때, 나는 정말 피가 마른다는 것이 어떤 것인지 몸소 느끼게 되었고, 그날 이후로 디자이너로 일하는 것에 일종의 두려움이 생겼다.

"유나 씨……. 이거 어떻게 책임질 거야?"

내 주변에 흐르는 공기가 전부 얼어붙어 내 몸을 더 떨게 했다. 과장님은 굳은 얼굴로 수화기를 넘겨줬다. 기념품 제작을 맡긴 업체 사장님이었다. 내가 만든 시안이 중국 공장으로 넘어가면서 사고가 났다고 했다. 인쇄 도안 옆에 표기한 치수를 옷에다가 새겨버렸다고 했다. 정말 어이없는 일이었다. 분명 중국 공장에서 잘못한 일인데, 책임을 질 수 없다고 발을 뺐다. 정신이 아득해서 통화 속 목소리가 마치 물속에 잠긴 것처럼 웅얼웅얼하게 들렸다.

제작비용은 무려 이천만 원이었다. 나로 인해 회사가 큰 손해를 입게 되었고, 나에게 기념품 제작을 맡긴 거래처에서 거친 항의를 받았다. 몸속에 흐르던 피가 일순간 누가 앗아간 듯 말라붙고, 온몸이 뻣뻣하게 굳고 차가워지는 느낌이었다. 그 이후로는 어떻게 수습했고 지나갔는지 기억이 잘 나지 않는다. 바로 해고가 되지는 않았어도, 그 회사를 그만두기까지 정말 힘든 시간을 견뎌야 했다. 스스로 받아들이기에도 충격이 꽤 컸는데 그날 이후 원래 가지고 있던 불면증이 더 심해져 버렸다.

'쓸데없는 생각 그만하고 일찍 자야지.'

그러나 한 번 일어나기 시작한 부정적인 생각은 꼬리에 꼬리를 물고 일어났고, 잠을 제대로 못 자니까 당연히 컨디션은 더 안 좋아질 수밖에 없었다. 오랫동안 자욱한 안개가 낀 듯한 몸과 마음으로 하루를 시작하는 것이 습관으로 자리 잡게 되었다. 밤마다 고요한 적막 속에 몸을 누이면 낮에 정신없이 바빠서 잠시 내려두었던 잡념이 올라왔다. 회사 업무에 대한 걱정 외에도 '앞날에 대한 불안'도 밤마다 자주 찾아오는 단골손님이었는데, 마치 현실처럼 생생하게 상황이 그려져서 더 괴로웠다.

'이대로 계속 회사 생활을 평생 할 수 있는 것도 아닌데, 그렇다면 뭐 먹고살지. 나는 몸도 약한데 이러다가 나이 들어서 몸이 더 약해지면 밥벌이도 제대로 못 하고 방구석에서 고독사로 쓸쓸히 죽어가는 건 아닐까?' 하는 염려부터 혹시 '자다가 강도가 들면 어떻게 하지?' 하는 걱정까지. 스스로가 생각해도 어처구니가 없지만 나도 모르게 자꾸만 떠오르는 것이다. ASMR이나 숙면에 도움이 되는 아로마 오일도 무용지물이었다. 그렇다고 수면제 처방을 받자니 부작용이 무서웠다.

그렇게 10년 이상 지속되던 불면의 밤에서 나를 꺼내 준 것은 다름 아닌 '나'와 세상에 대한 믿음과 신뢰 회복이었다. 마음 챙김을 꾸준히 실천하던 어느 날 나는 과거의 실수가 반복될까 두려워, 조금이나마 내일을 미루고 싶어서 꿈나라로 발길을 떼지 못한다는 것을 알게 되었다.

'예전에 겪은 일에 대한 두려움이 강해, 이번에는 실수하지 않고 잘 해낼 수 있다는 믿음의 부족일지도 몰라.'

노트를 꺼내서 지금까지 잘해왔던 것들을 적어보았다. 적어 놓고 보니 생각보다 꽤 많은 일을 잘해왔구나 싶었다. 스스로 듬뿍 칭찬도 해줬다. 그렇게 차츰 자신에 대한 믿음과 신뢰를 다시 회복할 수 있었다. 나를 믿어주니 세상도 불안해 보이지 않았다.

'나 생각보다 할 줄 아는 일이 꽤 많네. 뛰어나게 잘하는 일은 아직 없지만 뭐든지 중간 이상은 해낼 자신이 있어.'

성공하면 다행이고, 실패하더라도 내가 마음먹기에 따라

약으로 쓸 수 있으니까 너무 불안해하지 않기로 했다. 그저 하루하루 내가 할 수 있는 만큼 최선의 노력을 하며 충실히 앞으로 걸어 나가자는 마음가짐으로 바꾸자 걱정이 줄어들었다. 가끔 불안한 밤에는 일어날 일이라면 내가 아무리 용을 써 봐도 일어날 것이다. 걱정하느라 잠을 설치면 오히려 더 좋지 않은 결과로 이어질 뿐이라는 식으로 이성적으로 나를 타이르고 잠재웠다.

– 부족하더라도 나는 매일 점점 더 나아지고 있고 더 성숙해져 가고 있다.
– 나는 왜소한 존재가 아니라 크고 무한한 잠재력을 지닌 존재다.
– 꾸준히 노력하며 앞으로 나아가다 보면 분명 나의 미래는 점점 더 많은 가능성으로 빛난다.
– 세상은 언제나 내가 다가가는 만큼 기회를 내어준다.
– 물론 두렵고 불안하며 위태로운 순간들도 많을지 모른다. 하지만 그러한 순간을 통해서도 나는 더 성숙해질 수 있다.

잠이 오지 않는 밤이면 위에 나열한 '나에게 믿음을 주는 말' 확언을 소리 내서 반복했다. 그렇게 여러 번 반복해서 말하고 나면 한결 마음이 가벼워졌다. 때로는 확언을 읽으면서 음성 파일을 녹음해서 틀어놓고 잠들기도 했다. 산책 시간을 늘리고 '라이트 테라피'(세로토닌과 멜라토닌 활성을 돕는 조명)을 구매해서 30분 정도 쬐면서 부족한 햇빛을 보충하는 일도 도움이 됐다. 노력한다고 해서 단번에 잠이 잘 오지는 않았지만, 계속 시도하다 보니 두 다리 쭉 뻗고 잘 수 있는 날이 점점 늘어났다.

지금도 여전히 신경 쓰이는 일이 생기면 잠을 설치기도 하지만 불면에 가까웠던 과거에 비하면 훨씬 잘 자고 있다.

이럴 거야 저럴 거야 가정법 (feat. 불안)

'갑자기 내가 타고 가는 차가 사고가 나면 어떻게 하지?'

이렇게 아직 일어나지도 않은 온갖 일들을 가정하고 상상하는 것이 주특기였다. 그것도 주로 부정적인 쪽으로 말이다. 걱정을 사서 하는. 과거에 나는 그런 사람이었다. 상황이 좋지 않게 흘러갈 것에 대해 지나치게 염려하고 두려워하는 것이 디폴트(기본 속성)였다. 머릿속에서 걱정과 불안이 끊이지 않았고, 스트레스를 달고 살았더랬다.

나의 굵직한 흑역사를 대충 고백하자면 이렇다.

1. 북한이 미사일을 자주 쏘던 시기에는 전쟁이 날 것을

걱정해서 실제로 생존 키트와 구호 식품을 집안 구석에 마련해 두고 주기적으로 정비하며 불안에 떨었던 적이 있다.

2. 엘리베이터를 타고 다닐 때마다 고장이 나서 멈추거나 추락하면 어떻게 하지 걱정하며 불안이 극심할 때는 실제로 계단으로 다닌 적도 있다.
3. 각각 리히터 규모 5.1과 5.8 이렇게 두 차례 전례가 없던 경주 지진이 일어난 이후 한동안 매일 인터넷을 찾아보며 지진 대피 요령을 살피고 지진 대비 재난 가방을 확인하고 꾸렸다. (대지진이 일어나던 당시 부모님이 실제로 경주에 계셨고, 나는 서울에서 누워서 TV를 보다가 침대가 우르르 흔들리는 순간 겁에 질려 혼자서 건물 밖으로 대피한 적이 있다. 전국 통신이 마비되고 불안정해서 부모님께 연락이 되지 않아서 극도로 불안했는데, 다행히도 부모님은 무사했고 약간의 흔들림 정도만 느끼셨다고 했다.)
4. 핵폭발이나 각종 자연재해로 세상이 쑥대밭이 되는 상상을 종종하며 대피 요령을 찾아보고 시뮬레이션을 돌렸다.

그런 나의 상태를 명상 선생님께서는 단번에 알아차리셨

다. 독수리와 같이 예리한 눈빛으로 나를 쳐다보실 때 나는 마치 벌거벗겨진 느낌이 들었다. 관심법처럼 내 속을 훤히 다 꿰뚫어 보시는 건 아닌가 하는 생각도 들었다. 그래서 선생님 앞에 설 때는 머릿속으로 '좋은 생각!' 을 외치기도 했다. 때로는 얼음장같이 차가우실 때도 있지만, 선생님께서는 늘 진심으로 내가 좀 더 편안해지기를 더 밝고 씩씩한 사람이 되기를 원하셨고, 긍정을 심으면 긍정이 나고 부정을 심으면 부정이 싹튼다며 부정적인 결과를 자꾸 생각하면 정말로 그러한 결과로 이어진다는 조언을 해주셨다. 어찌 보면 당연한 말 같아 보여서 그냥 듣고 넘길 수도 있었지만 뭔가 마음속을 울리는 말이어서 그 말을 한동안 곱씹어 보고 또 곱씹어 보았다. 나는 남들보다 긍정적으로 생각하는 사람이라고 여겼는데, 내가 자주 하는 생각들을 유심히 살펴보니 나는 '긍정의 씨앗'보다 '부정의 씨앗'을 훨씬 더 자주, 많이 심고 있더라.

그때부터 머릿속에 떠오르는 생각들을 '그런가 보다' 하고 내버려두는 것이 아니라 좀 더 유심히 살펴보기 시작했다. 무심코 떠오른 생각들을 종이에 적어보고 살펴보며 근거나 논리를 따져보면 정말 말도 안 되는 것들도 은근히 많았고, 대부분 그냥 흘려보내도 괜찮은 의미 없는 것들도 많았다.

늘 살던 대로 생각하고 사는 것을 경계하려고 많은 애를 썼다. 나도 모르게 습관처럼 불안에 떨거나 부정적인 생각을 하고 있으면 그 순간 바로 알아차리고 '아. 내가 또 나도 모르게 지레짐작하고 상황을 또 어둡게 보려고 했네.' 하며 멈추게 되었다. 그리고 상황을 좀 더 이성적이고 냉철하게 살펴보고 그리게 되었다.

그렇게 일 년 이상 집중해서 훈련하고 나니 마구잡이로 떠오르는 생각들을 방치하고 사로잡히기보다는 생각을 살펴보고 내가 원하는 방향으로 바꿀 힘이 생겼다. 그렇게 하다 보니 자연스럽게 소심하고 예민한 나의 모습도 많이 사라지게 되었다.

어쩌면 내가 소심해서 사서 걱정을 하거나, 내가 예민해서 스트레스를 받는 것이 아니라 평소에 자주 하던 내 생각들이 나를 소심하고 예민하게 만드는 것일지도 모른다. 무심코 하는 생각 하나하나가 모여서 큰 변화를 가져오니 말이다. 나를 변화시킬 힘은 작은 생각 하나에 달려있을지도.

그러니까 내가 예민할 수밖에

적당히, 대강, 대충을 잘 모르는 사람. 그게 바로 나였다. 모 아니면 도. 좋고 나쁨이 뚜렷했다. 분위기에 쉽게 기분과 감정이 오락가락 널뛰기했다. 좋게 말해서 '예술가 같은 사람', 어떻게 보면 '매우 피곤한 사람'이었다. 그런 나의 성향을 들키지 않으려고 엄청난 노력(?)을 한 덕분에 '왜 그렇게 예민해?'라는 말은 가족 외에는 밖에서 잘 들을 일이 없었다. 티를 내지 않기 위해서 안간힘을 쓰니 더 예민해진 걸지도.

'예민하다고 다 같은 예민함을 가진 것은 아니지 않을까?'

문득 그런 의문이 들었다. 그래서 예민함에 대해 고찰해 보니 예민함에도 여러 가지 예민함이 있었다. 예를 들어 '소심한데 예민한 사람' 그리고 '예민한데 까칠한 사람' 등으로 나눌 수 있다. 앞에 어떤 수식어가 붙느냐에 따라 완전히 다른 모습을 보일 수 있었다.

'100% 외향인', '100% 내향인'이 없는 것처럼 완벽하게 한쪽으로 성향이 쏠릴 수는 없었다.

굳이 비율로 따지자면 나는 '소심한데 예민함 70%, 까칠하고 예민함 30% 정도'였다. 그냥 '나는 예민한 사람이야.'라고 두루뭉술하게 생각할 때보다 나에 대해서 더 잘 이해할 수 있었다. '소심한데 예민함 70%, 까칠하고 예민함 30% 정도'인 나는 소심해서 남의 눈치를 많이 보고 착한 사람 증후군까지 있어서 최대한 다른 사람한테 맞추면서 살았기 때문에 겉으로 드러날 때는 예민한 부분이 티가 잘 안 났을 거다. '무던한 사람'의 가면을 쓰고 다녔다. 불편한 것, 마음에 안 드는 것, 거슬리는 것이 많아도 그런 것들을 내색할 수는 없었다. 속에 있는 생각을 있는 그대로 다 표현하고 다녔다가는 아마 성격 파탄으로 불렸을지도 모른다. 가시를 잔뜩 세우고 툴툴대는 친구를 두고 싶은 사람은 없으니까.

'올바르고 반듯한', '예의 바른' 것을 중요하게 여기고 그렇지 못한 것들을 온전하지 않은 것으로 여겼다. 물론 속으로. 내가 바르게 살겠다는데 그게 뭐가 잘못된 거지 싶겠지만 정도가 지나쳤다. 늘 높은 도덕적 가치관을 나에게도 엄하게 적용했고, 가끔은 남들도 그런 시선으로 바라보았다. 가령 길을 건너면서 무단 횡단하는 사람을 보면 '나는 이렇게 질서를 잘 지키는데, 저 사람은 왜 저 모양이지?' 속으로 욕을 했다. 그러면 자동으로 기분이 불쾌하고 짜증이 났다.

저절로 날카롭고 예민해졌다. 그런 내가 마음에 안들었지만 어떻게 해소해야 할지 알 수 없었다. 나는 한때 부처님이라는 별명이 있었을 정도로 타인에게는 관대한 편으로 알려져 있었고, 주변 사람들은 당연히 그런 나를 좋아해 줬지만 겉과 속이 다른 부분 때문에 오는 괴리감으로 내 속은 가끔 시커멓게 되었다.

성인이 된 이후에 내면이 좀 더 성숙해지고 나를 객관적으로 돌아보는 시간을 자주 가지면서 자기 사랑에 관한 책을 읽다가 중요한 사실을 깨닫게 되었다. 누구보다 아껴주고 사랑해 줄 존재인 '나'를 누구보다 엄격하고 매섭게 대하고 있었다는 것을. 남들에게는 하지 못할 행동과 말을 나에게 마구 퍼붓고 있다는 것에 충격을 받았다. '그렇게 말하다니 정말 나쁘네. 좀 더 올바른 사람이 되려면 ~정도는 해야 하지 않겠어?' 자라나면서 부모님에게 들었던 말을 나 자신에게 하고 있었다. 나를 저울 위에 올려놓고 온갖 것을 지적하고 질책했다. 옳고 그름을 나누고 재고 따졌었다. 그 시선이 고스란히 외부로도 향했던 거다. 그래서 나도 모르는 사이 속으로 불평과 불만이 쌓여서 화병처럼 깊어졌던 거다.

그렇게 나도 모르게 병든 내 마음을 치유하기 위해 스스로 더 너그럽고 관대해지기로 마음을 먹었고, 세상을 대하는 태도도 바뀌었다. 경직된 사고에서 좀 더 유연해졌고 자유롭고 확장된 사고가 가능해졌다. 누군가 앞에서 새치기해도 예전 같았으면 '세모눈'을 뜨고 조용히 지켜보며 짜증이 났을 것이다. 이제는 '어지간히 급한 일이 있나 보네.' 혹은 '아 그냥 그런 사람이네.' 하고 차분히 바라볼 수 있게 되었다.

옳고 그름, 좋고 싫음, 착하고 악함 이런 것들은 상대적이고 주관적이므로 내 멋대로 재단할 수 없었다. 또 따지기 시작하면 털어서 먼지 없는 이는 없었다. 속으로 흉을 보는 대신 '나라면 과연 저 상황에서 저렇게 행동하지 않을 수 있을까?'하고 시선을 타인이 아닌 나에게로 돌린다. 나는 그렇게 남에게도 나에게도 넉넉하고 여유로운 눈으로 세상을 바라보면서 예민함을 덜어갈 수 있었다.

그래! 나 밴댕이 소갈딱지다! 어쩔래

"엄마, 내 목도리 못 봤어?"

중학교에 다니던 때였다. 평소 즐겨하던 목도리가 아무리 옷장을 뒤져도 보이지 않았다. 얼마 전 가족끼리 홍콩 여행을 갔다가 기념품으로 하나씩 고르라는 부모님께 선물을 받은 특별한 선물이었다. 저녁에서 밤으로 넘어가는 하늘을 닮은 짙은 남색에 미키 마우스가 수놓아져 있어서 한눈에 마음을 사로잡아서 선택한 목도리였다. 슬슬 짜증이 올라오며 뒤적이는 손도 빨라지기 시작했고, 그렇게 한참을 찾고 있을 때 눈앞에 애타게 찾고 있던 목도리를 보란 듯이 매고 있는 동생을 발견했고 순간 얼음이 되었다.

"너 뭐야, 그거 언니 건데 왜 네가 하고 있어?"

"몰라. 엄마가 나 주던데?"

외출 준비를 마친 동생은 대수롭지 않은 듯 어깨를 으쓱해 보였다. 그 모습에 열이 더 받았고, 내 목소리는 더 커졌다.

"언니가 아끼는 목도리인 거 너도 알잖아!" 그렇게 따져 묻는 대화가 오가는 사이 엄마가 등장했다. "잘 어울릴 것 같아 내가 줬다. 네가 그냥 동생한테 양보해라."

그 말에 나는 더 부아가 치밀어서 불같이 화를 냈지만 결국 그 목도리는 동생 차지가 되었다. 서럽기도 하고 어이없고 기가 막히기도 했다. 어린 마음에 엄마도 동생도 참 많이 미웠던 기억이 난다. 그렇게 내가 소중히 여기던 것을 엄마는 아무렇지도 않게 동생이나 남을 주거나 버리는 등 종종 마음대로 처분하곤 했다. 그럴 때마다 나는 화가 나서 급발진했고 속상한 마음을 오랫동안 담아 두고 곱씹고 또 곱씹었다.

학창 시절에는 누군가 내 것을 마음대로 하면 어린 마음에 크게 속상할 수 있지만, 성인이 되어서도 별것 아닌 일에 감정이 요동을 치니 당황스러웠다. 누군가 내 의사와 상관없이 마음대로 소유물을 처리하면 목도리를 빼앗겼던 그 순간처럼 화가 치밀기도 하고 상대가 미워지기도 했다. 상대에 따라 티를 내기도 했고, 속으로만 부글부글 끓이기도 했는데, 결국 그렇게 과하게 내 것에 집착하고 예민하게 구는 것이 나에게도 남에게도 남 모두에게 부정적인 영향을 끼치게 되는 것을 느꼈고, 나의 마음을 지옥으로 만들었다. '남에게 베푸는 것을 좋아하면서 내 것 좀 건드렸다고 쉽게 분노하고 남을 미워하고 원망했다니.' 이중적인 감정에 혼란스럽고 괴로웠다.

스스로 돌아보다가 발견한 또 다른 못난 모습이 있었는데, 상대방이 내가 나눈 것에 대해 고마움을 느껴야 만족한다는 것이었다. 상대방이 고마움을 표하기는커녕 '이게 뭐냐. 별로다.'라고 혹평이라도 하면 적개심이 불타기까지 했다. '뭐지. 내가 원해서 한 일인데 어째서 상대가 알아주지 않는다고 왜 이렇게까지 화가 나는 걸까.'

심지어 괜히 준 것 같다, 서운하다, 괘씸하다 등 온갖 감정이 올라오기도 했다. 분명 내가 원해서 선물을 한 것인데 말이다. 예를 들어서 나는 A라는 친구의 생일에 5만 원 정도 하는 선물을 했는데, 그 친구는 2만 원 상당의 선물을 했다면 그

A라는 친구에게 일종의 배신감마저 느꼈던 거다.

또 남에게 베푸는 것을 좋아해서 평소 소소하게 주변을 챙기고 나누곤 했는데, 호의가 비판으로 돌아올 때는 상대의 의견을 담담하게 받아들이는 모습이 부족했다. '너는 무슨 그만한 일에 기분 상하고 그래. 별로니까 별로라고 하지.' 그냥 넘기려고 해도 자꾸 상대에게 들었던 혹평이 리플레이 되면서 부글부글 끓어올랐다. 누군가 내가 베푼 일에 대해서 좋지 않은 평가를 한다는 것이 쉽게 잘 받아들여지지 않았다.

그렇게 오랫동안 소심하지 않은 척 아무렇지도 않은 척 마음이 넓은 척, 편안한 척, 괜찮은 척 그렇게 나 자신을 속였다. 마음에 들지 않는 모습이 보일 때는 자책하고 비난하기도 하면서 말이다. 대인배를 꿈꾸면서 은근히 밴댕이 소갈딱지였던 나는 그렇게 냉탕과 온탕을 오락가락하다가 결국 인정하게 되었다. 내가 '소인배'라는 것을. 남이 내 것을 마음대로 사용하거나 처리하면 기분이 좋지 않을 수는 있지만 과하게 대처하거나 마음이 크게 상할 필요는 없었던 것 같다. 좀 더 넓은 마음을 가져본다면 그것이 없어진다고 내가 당장 그 자리에서 죽거나 살 수가 없는 일이 벌어지는 것은 아니니 말이다.

작은 것에 목숨 걸지 말고 좀 더 큰 시야에서 보는 연습을 하니 크게 화가 날 일이 적어졌다.

좀 더 시간이 지나고 나서 보니 세상은 보이지 않게 다 유기적으로 연결되어 있고, 내가 행한 만큼 결국 다 돌아오게 되어 있더라. 내가 넓은 마음을 가지고 행동하면 넓은 세상이 다가오고 내가 좁은 마음을 가지고 행동하면 좁은 세상이 다가왔다.

지금도 가끔 서운한 마음, 섭섭한 감정, 화가 나고 짜증이 나는 때가 있다. 그럴 때는 피식 웃으며 생각한다.

'아 나 방금 또 밴댕이 소갈딱지 같았네. 좀 더 마음을 넓게 가져 보자.'

프로 소심러의 애환

"잠시만요! 저 죄송하지만 이번에 내릴게요. 기사님."

다른 생각하던 찰나 하차 벨을 누르는 타이밍을 놓쳤다. 전방 5m도 남지 않은 목적지를 보고 다급해져 오른손을 번쩍 들어 올리며 크게 외쳤다. 버스에서 내리며 나는 안도의 미소를 지었다.

도착한 카페에서 상대방이 오기를 기다리며 과거의 나를 떠올렸다. 버스에서 내리는 벨을 누르지 못했을 때 나는 지금처럼 내려달라는 말을 하지 못했다. 누군가는 답답하다고 생각할 수도 있고 바보 같다고 여기는 사람도 있을 것이다. 나

역시도 스스로 답답하고 바보 같다고 여겼으니. '내려 달라고 말할까? 아니야 미리 눌렀어야지. 지금 말을 하면 괜히 한소리 듣는 것 아닐까? 아니야 그래도 말을 해볼까?' 혼자 내적 갈등하는 사이 이미 버스는 다음 정거장을 향해 신나게 달리고 있었다. 이별의 아픔을 겪었던 날이었다. 나는 우울한 마음을 달래고자 머리를 자르고 기분 전환을 하고 집으로 돌아가던 중이었다. 신나게 달려서 도착한 다음 정거장은 하필이면 대교 근처였다. 나는 이미 어둑해져 가는 도로 위를 한참 걸었다. 신호등조차 제대로 없어서 울 것 같은 얼굴로 한참 도로 위에 서 있었다. 옆 사람에 밀쳐져서 지하철 문에 핸드백을 끼고 달린 적도 여러 번이다. 소심한데 자존심은 또 세서 남들에게 안 들키려고 불편한 자세를 잡고 가는 바람에 온몸에 쥐가 나기도 했다. 그렇게 드라마나 시트콤에서 나올 법한 웃픈 일들이 종종 있었다. 어릴 때부터 문구점에 들르면 필요한 것이 없어도 작은 것 하나라도 꼭 사고 나와야 했다. 그냥 나오면 되는데 가게 주인에게 괜히 미안해서다.

어른이 되어서도 여전히 나는 불필요한데도 그냥 나오기 무안해서 무엇인가를 꼭 사서 손에 들고나오는 일이 잦았다.

편의점에 들르면 그래도 좀 나았다. 친구나 가족에게 줘도 되고, 뒀다가 나중에 내가 먹어도 되는 것을 사니 말이다.

사서 고생하던 어느 날 웨인 다이어가 쓴《행복한 이기주의자》를 읽게 되었다. 책에 따르면 나를 중심에 두고 나의 마음에 집중할 때 비로소 인생의 주도권을 가지고 자신의 감정과 행동을 선택할 수 있다고 했다. 웨인 다이어의 말에 의하면 행복은 외부의 요인이 아닌 오로지 나의 마음을 중심에 두는 마음가짐이다.

'그래. 나는 나를 마음의 중심에 두지 않았었네.'

그 순간 나는 오로지 나를 위해서 행복한 이기주의자가 돼보자고 다짐했다. 남에게 손해를 끼치지 않는 선에서 우선 나를 챙기게 되었다. 불필요한 시간과 돈 낭비는 그만해야겠다는 생각이 들었다. 단호하게 마음을 먹고 나니 변화는 비교적 쉬웠다. 양해를 구하고 내려 달라고 말하는 것도, 잘 둘러봤다고 말하며 그냥 가게를 나오는 것도 해보니 아무것도 아닌 일이었다.

그리고 상대방에게 피해를 주지도 않았다. 종종 따가운 눈초리를 받는다고 해도 별로 동요하지 않았다. 한 정거장을 걸어서 되돌아가는 일도 누군가에게 밀쳐져서 가방을 끼고 달리는 일이 없어졌다. 또 가게에서 필요하지 않은데 사서 오는 일도. 삶이 더 가볍고 심플해졌다. '내가 원하는가?', '나에게 필요한 일인가?' 내면에 질문을 던지면 되었다. 만약 질문의 답이 '그렇다'라면 망설이지 말고 내가 원하는 대로 행동했다. 그러면 후회할 일도 속상할 일도 적어졌다.

남에게 잘 보이려고 억지로 끼워 맞춘다거나 내가 진심으로 원하지도 않는 관계를 계속 이어 나가는 일도 줄어든다. 위에서 언급한 것들이 작고 사소한 일들 같지만 작고 사소한 변화들이 모여서 삶의 태도가 된다. 그렇게 아낀 시간과 에너지를 모아서 내가 진정으로 원하는 일에 쏟아부을 수 있게 되었다. 내가 주춤거리며 눈치를 보느라 놓친 크고 작은 기회들이 얼마나 많았을까.

소심했던 나를 하나둘씩 떠나보내면서 그 자리에 다양한 기회들이 찾아왔고 손바닥 크기였던 나의 세계는 점점 넓어져 가고 있다.

목적지 찾아 삼만리

손바닥 크기의 핸드폰 액정 속 빨간 점이 이리저리 움직였고, 나는 그 점을 뚫어질 듯 쳐다보며 앞을 향해 가고 있었다. '좋았어. 이대로만 가면 시간에 맞게 도착하겠군.' 잠시 어떤 건물에 들어갔다 나오기만 하면 '여기가 어디지?' 하고 왔던 길을 몰라보며 거꾸로 가던 엄청난 방향치, 길치 인생으로 30년 이상 살아왔던 나였다.

1년 이상 주기적으로 같은 장소에 모이는 동아리나 모임에 참여할 때도, 늘 찾아가는 길을 새로워하며 헤맸었다. 그래서 누군가 보다 못해 내가 데리러 갈 때까지 가만히 있으라는 소리를 지겹도록 들었다.

'어, 이상하다. 분명히 이 길이 맞는데…….'

제대로 가고 있었다고 생각했는데, 경로를 이탈했다는 안내문을 보고 나는 정신이 아득해졌다. 그동안 길치 탈출을 위해 피나는 노력을 한 덕분에, 진짜 많이 발전했다며 뿌듯했던 것도 잠시였고 갑자기 자신감이 뚝 떨어지면서 울고 싶어졌다. 이럴 줄 알고 헤맬 것을 고려해 집에서 일찍 나왔는데도 불구하고 시간이 얼마 남지 않아서 더 초조하고 조급해졌고, 나는 애써 마음을 다잡으며 다시 목적지를 파악하며 빨간 점이 제자리를 찾을 수 있게 부지런히 움직이기 시작했다.

가끔 길을 모르면 내비게이션이나 지도 앱을 켜놓고 보면서 가면 되지 않냐고 하는 분들이 있는데, 내비게이션 놓고, ㄴ자도 모르는 사람이라서 그 말에 그냥 '하하. 네.' 하고 속으로 쓴웃음을 지었던 나였다. 그렇게 주변을 뱅글뱅글 한참 맴돌다가, 이대로는 도저히 안 될 거 같을 때 주변 행인을 붙잡고 '저기요. 혹시 제가 여기로 가려는데 여기서 어디로 가야 할까요?'라고 물어보았다. 두 명에게는 '저도 잘 몰라요.'라는 대답이 돌아왔다. 그렇게 2~3명을 더 거치고 나니 비로소 목적지가 전방 800m 정도 앞으로 들어오기 시작했다. 그나마 다행인 건 시력은 꽤 좋아서 목적지가 한참 멀리 있어도 잘 본다는 거였다. 게다가 아직 여유 시간이 조금 남아있었다. 비로소 나는 안도의 한숨을 내쉬며 발걸음을 천천히 늦추며 길치로서 부리면 안 되는 사치인 주변 풍경을 즐기기 시작했다. 길가에 피어있는 들꽃도 구경하고, 하늘에 떠 있는 예쁜 구름이 낯선 곳에 온 나를 반겨줬다.

지금도 희미하게 기억이 몇 장면 남아있는데, 세 살도 되기 전 아주 어렸을 적 엄마는 나를 영영 잃어버릴 뻔했던 적이 있다고 한다. 잠시 참외 두 개 담는 순식간의 사이에 내가 마트 계단 위를 올라가서 사라져 버렸고, 다행히도 어떤 아줌마가 마트로 들어오면서 찾고 있는 게 주황색 옷 입은 애가 맞냐고 요 앞에 있다고 해서 나를 찾았다고 한다. 그래서였을까 아니면 유치원 네 곳, 초등학교 세 곳, 중학교 두 곳(다행히 대학교는 한 군데를 나왔다)을 나올 만큼 이사를 자주 다니는 동안 안정감을 얻지 못한 채, 반복해서 낯선 곳에 적응하는 것에 대한 스트레스가 커서였을까.

브라질 에피소드에서 밝혔듯 나는 익숙한 장소에 가는 것을 좋아하며, 길을 잃을까 걱정과 불안함에 낯선 곳에 혼자 가는데 두려움을 갖고 있다. 혼자서는 서울 밖을 어지간하면 벗어난 적이 거의 없고, 다만 어릴 때부터 외가였으며 부모님이 10년 이상 계신 곳이라 익숙한 경주만큼은 예외였다. 국내 여행도 혼자 해본 적이 없고, 사실 국제 미아가 되는 거 아니냐며 혼자서 해외여행은 꿈도 못 꾼다. 이런 내가 한때 브라질에 가서 핫도그를 팔고 싶어 했다니…….

그땐 정말 무슨 생각이었을까?

그런 내가 소중한 지인을 만나러 과감하게 낯선 장소로 버스와 지하철을 여러 번 갈아타며 뚜벅뚜벅 서울에서 인천까지 무사히 도착하다니. 정말 가슴이 뻐근하리만치 감격스러웠다. 속으로 울며 웃으며 힘들게 찾아가서 그런지 그날 식사는 더 맛있었고, 보람 있고 좋은 시간을 보낼 수 있었다.

집으로 돌아가는 길에 나는《헨젤과 그레텔》남매가 길을 잃지 않기 위해서 지나온 자리마다 빵 조각을 남기듯, 길을 오던 중간중간 찍어뒀던 사진들을 구경했다. 만약 중간에 길을 잃더라도 사진을 보고 다시 돌아가면 완전히 처음으로 돌아갈 일은 없었다. 길을 헤맬 때보다 속으로 눈물 콧물 쏟다가 나름 터득한 비결이다. 찍어둔 사진 중 잘 나온 사진들을 추리면서, 이렇게 낯선 곳에 와서 헤매는 것도 미니 여행의 묘미라고 생각했다. 또 누군가 길을 친절하게 알려주는 이도 있고, 아무리 헤매도 늘 그랬듯 내가 가려던 장소에 도착하긴 했다는 것에 감사했다.

얼마 전 글쓰기 모임에 참석하러 세 번째 대전 가는 길. 나는 넉넉하게 일찍 출발했지만, 여전히 시간에 쫓기며 헤맸고, 세 명의 사람에게 가는 길을 물어보며 여전히 속으로 울었다가 웃었다가 했다. 하지만 분명한 건 10년 전 길을 헤매던 나와는 달리 좀 더 여유가 생겼고 나는 기꺼이 낯선 곳에 가는 것을 어느 정도 즐기게 되었다는 거다. 책을 내겠다는 꿈을 가지고 낯선 곳으로 가는 내가 멋있게 느껴지기도 하고.

눈치 보느라
오늘도 체했습니다

그날따라 유독 무겁게 사무실에 내려앉은 공기. 숨이 턱턱 막혀오는 분위기 속에 모두가 숨소리조차 내지 않는 상황이었다. 사무실이 떠나갈 듯한 상사의 호통에 다들 얼어붙어 있었고, 묵묵히 일은 하고 있지만 언제 자신에게 불똥이 튈지 몰라서 업무에 집중하고 있지 못하고 있다는 느낌이었다. 그분은 별일 아닌 일에 과하게 반응하고 개인적으로 좋지 않은 일이 있었는지 몹시 심기가 불편한 듯 계속 언성을 높이며 여기저기 꼬투리를 잡고 다녔다.

'아오, 분위기 왜 이래. 숨 막혀 죽겠네.'

예민한 덕분에 남들이 지금 어떤 기분이고 생각하고 있는지 나는 너무나도 잘 느낄 수 있었다. 내 기분과 감정에만 신경 쓰기에도 모자라건만 옆 사람도 앞사람도 다른 사람들의 행동, 표정을 보고 더 스트레스를 받았던 거다. 경직되어 보이는 표정, 느려진 타자 소리 등의 변화가 내게는 너무 잘 보였다. 얼어붙은 분위기에 온몸이 같이 짓눌려서 아파지기 시작했다.

"다들 밥 먹고 합시다."

적막을 깬 누군가의 목소리에 내키지 않았지만 다들 주섬주섬 나갈 채비를 하기 시작했다. 밥을 먹을 기분이 도무지 나지 않았다. 혼자 있었다면 식사를 거르거나 아주 가볍게 때우고 넘어갔겠지만 그럴 수 없었다. 당시 다니던 회사는 경직된 회사 분위기로 점심시간이 제2의 회식이었고, 반강제적으로 같이 먹으러 가야만 했다. 심지어 메뉴조차 정할 수 없었는데 하필 상사분이 고른 메뉴는 자극적이고 맵고 질긴 '제육볶음'이었다. 꼭꼭 씹어 먹을 수 있는 상황도 아니었고 분위기도 여전히 어색하고 무거웠던지라 평소 소화가 약한 편이었던 나는 목구멍으로 잘 넘어가지 않는 제육볶음을 억지로 씹어서 넘기는 순간 바로 느낄 수 있었다.

'아 나 또 체하겠다.'

분위기가 안 좋거나 말거나 즐겁게 씹고 뜯고 즐기고 있는 다른 동료를 보고 있으니 꼭 다른 세상 사람 같았다. '지금 저게 저렇게 잘 넘어가나?' 신기한 마음도 들고 부러운 마음도 들었다. 결국 나는 체하고 말았고, 괴로워하는 나와는 달리 다른 사람들은 식사한 적이 있냐는 듯 돌아서서 간식을 찾고 있는 것을 보고 자괴감까지 들었다. 원래도 40kg대로 마른 편이었던 나는 회사 생활을 하며 잦은 소화 불량으로 식사를 잘 챙기지 못해서 30kg대가 되었고 체력은 약하고 하는 일은 많아 정말 힘든 날들을 보냈다. 어릴 때부터 위와 장이 약한 편이라 배탈도 잦고 체하기를 밥 먹듯 했는데 학생 때는 그래도 그럭저럭 버텨냈지만, 사회생활을 해내기에 체력적으로도 힘들었고 컨디션도 늘 좋지 않았다.

그렇게 부정적인 경험들이 계속 쌓이다 보니 식사를 하는 것이 점점 더 즐겁지 않아졌고, 특정 음식에 대한 거부감이나 공포심까지 들기도 했다. '저거 먹으면 또 체할 텐데.' 하는 생각을 정말 자주 했다.

그냥 이대로 살아야 하나 고민하다 가입하게 된 인터넷 카페에는 같은 고민을 지닌 사람들이 정말 많았다. 그러나 오랫동안 답을 찾아서 헤매길 반복하는 사람들이 대부분이었지 문제가 해소되어서 잘 먹고 잘살고 있다는 글을 남긴 사람들은 극소수에 불과했다. 남겨진 글들을 보다 느낀 것은 다 그런 것은 아니지만 자주 탈이 나는 사람들 가운데 예민한 성격을 가진 분이 많다는 것이었다. 상황이나 분위기를 많이 타고 식사가 즐겁지 않다는 글을 여러 개 보면서 나는 고민하기 시작했다.

'정말 즐겁게 식사할 수는 없는 것일까?' 그렇지만 답을 쉽게 내릴 수는 없었다. 그렇게 10년 이상 고민하기를 반복하다가 결국 도움이 되는 방법을 찾게 되었는데, 바로 〈식사 즐겁게 하기〉 프로젝트를 시작하기로 한 것이다. '나는 왜 식사가 즐겁지 않은 거지?' 계속 스스로 질문을 던지다 보니 어렸을 때 경험과도 맞물리더라.

아주 어렸을 때 아빠의 매서운 '밥상머리 교육'으로 밥을 먹다가 울면서 토했던 기억, 중간고사를 치르고 성적표를 받아오던 날 밥을 먹을 자격도 없다는 듯 '먹거나 말거나 네가 알아서 해.'라며 밥상 위로 밥그릇을 던지듯 놓고 차갑게 안방으로 방문을 닫고 들어간 엄마의 모습 등이 떠올랐다. 오순도순 다 같이 모여서 화기애애한 분위기에서 식사하는 것은 특별하게 가끔 외식할 때나 있는 일이지, 평소에는 가족들 모두 각자 식사를 따로 했기에 즐거운 식사 자리는 티브이 속 드라마에서나 나오는 것인 줄 알았다.

목표한 성과를 달성하지 못하거나 좋지 않은 일이 있을 때마다 '나는 식사를 할 자격이 없어.', '지금 밥을 먹을 때가 아니야.'라는 말을 자주 했었는데 그것은 가학이나 다름이 없는 것이었다. 다 큰 성인이고 딱히 큰 잘못을 한 것도, 기대에 못 미치는 성적표를 받아 왔다고 누군가 비난을 하는 것도 아닌데도 소중한 나 자신에게 누구보다 혹독하게 대하고 있었다.

그건 자기 사랑과는 거리가 머나먼 일이었고, 변화가 필요했다. 어떤 상황에서도 즐겁게 일정량 이상 식사하기 위해서 다년간 수없이 연습을 반복하기로 마음을 먹었다. 우선 혼자서 식사할 때도 예쁜 식기도 구매하고 편안하고 분위기 좋은 노래를 트는 등 식사 분위기에도 공을 들이고, 대충 때우던 음식의 질에도 많은 신경을 썼다. 나를 대접하듯이 말이다.

또 가족들에게 어렸을 적 이야기를 꺼내며 현재 가지고 있는 어려운 점을 털어놓았다. 식사 시간만큼은 무조건 즐겁게 식사할 수 있게 협조를 부탁했다. 몇 년간의 시행착오가 있었지만, 차차 식사에 대한 좋은 기억을 만들어가며 다시 재경험을 쌓으면서 점점 식사는 즐거운 것이라는 인식이 생기기 시작했다. 물론 잘되지 않은 날들이 훨씬 많았다. 울면서도 즐겁게 먹으려 애썼던 날들도 있었고. 그래도 포기하지 않고 계속 꾸준히 노력을 지속했다. 가족들끼리도 덕분에 더 돈독해지고 좋은 추억을 쌓을 수 있었고 〈식사 즐겁게 하기〉 프로젝트를 지속하고 맹훈련한 지 5년이 넘어가니 이제는 어지간한 상황에서도 식사만큼은 즐겁게 할 수 있게 되었다. 거의 10년 만에 40kg라는 숫자를 다시 볼 수 있었다.

'식사 시간이 즐겁지 않다'라거나 '또 ~을 먹으면 체할 거 같아'라는 생각이 실제로 이어진다는 것을 알게 되고 그것을 바꾸기 위해 꾸준히 오랫동안 노력한 결과였다. '나는 원래 소화가 약해', '저 음식은 소화가 잘 안 돼서 싫어'와 같은 부정적인 생각들도 바꾸어 가기 시작했다.

이제 회사에서 상사가 식사 자리에서 불편한 이야기를 꺼내더라도 식사에 집중하고 있는 나 자신을 보면 그렇게 흐뭇할 수가 없다. 마치 다른 종족 같았던 분위기와 상관없이 음식을 즐기던 동료의 모습이 어느덧 내 안에도 자리하고 있었기 때문이다. 또 이제는 소심하고 예민한 누군가가 기분이 좋지 않아서 식사를 거른다고 하면 설득해서 밥을 잘 챙겨 먹을 수 있게 챙길 수 있는 여유까지 생겼다.

분위기나 상황에 휘둘리고 남들의 눈치를 보느라 식사를 제대로 하지 못한다는 것은 자신을 소중히 여기고 아끼고 대접하지 않는 것이다. 불편한 상황이 있어서 밥을 먹을 기분이 안 난다면 또 아무리 힘들고 어려운 일, 속상한 일이 있어서 식사하는 것이 내키지 않는다면 '세상에서 가장 소중한 내가 왜 다른 사람으로 인해 식사를 제대로 하지 못하는가?' 스스로 자문해 봐야 한다. 또 다른 사람과 식사할 때는 그 시간만큼은 상대를 위해서도 나를 위해서도 분위기를 다운시킬 수 있는 얘기는 가능하면 피한다면 좋겠다. 감사하는 마음으로 즐겁게 식사한다면 나도 상대방도 두고두고 속도 마음도 더 편할 것이니까 말이다.

긴장 빼면 시체

'몸에 힘을 완전히 뺀다는 게 대체 어떤 느낌일까?' 처음 유튜브를 통해 명상을 따라 하기 시작했을 때 가장 어려웠던 건 바로 긴장을 내려놓는 것이었다. 평소 '멍때리기'를 자주 해서인지 불필요한 생각을 흘려보내는 것은 생각보다 어렵지 않았지만 말이다.

"먼저 눈을 감으세요. 온몸에 힘을 쭉 빼고 모든 긴장을 내려놓습니다. 숨을 천천히 들이마시고 후 뱉으면서 점점 더 힘이 빠집니다." 숨 쉬듯 긴장하고 사니 곰 열 마리는 업고 다니는 듯 금방 지쳤고, 어깨도 천근만근이었다. 그래서 명상을 통해 도움을 받으려 했건만 해소되지 않아 매우 답답했다. '그렇게 쉽게 긴장하면서 풀기는 정말 너무 어렵네.'

안 하는 것보다는 나았지만 크게 차이는 없었다. 오히려 힘을 빼려고 하면 할수록 더 힘이 들어갔다. 아주 긴 시간 긴장된 상태로 익숙하게 살아왔기에 긴장하지 않은 상태가 가늠이 안 되는 거였다. '도대체 나는 왜 이렇게 긴장을 잘하는 것인가? 또 언제부터 긴장을 잘하게 된 것일까?'

되돌아보면 중학교 1학년부터 본격적으로 긴장을 많이 하게 된 것으로 기억한다. '과민성 장 증후군'을 심하게 앓던 때이기도 하다. 공부보다 노는 것에 관심이 많던 초등학생 때와 다르게 한참 남들의 시선과 평가에 민감해질 시기였다. 내가 들어간 중학교는 학구열이 꽤 높은 곳이었다. 아무렇지도 않게 서로 외모에 대해 지적하고 평가하고 성적을 잘 받는 학생, 그렇지 못한 학생으로 반이 나뉘곤 했다. 나는 공부에는 소질이 크게 없었고 동생은 명문고를 갈 정도로 공부에 소질이 있었다. 어릴 때 꽤 철딱서니가 없는 동생이었건만 부모님의 사랑을 듬뿍 받았다. 나는 성적으로 부모님을 만족시켜 드리지 못했고 자주 비교를 당했다. 심지어 '동생 발뒤꿈치도 못 따라가는구나.'라는 말까지 들어봤다. 공부를 제외하고는 나도 괜찮은 구석이 많았는데 인정받지 못한다는 생각에 너무 서러웠다.

결핍된 관심과 인정을 채우기 위해 과도하게 신경을 쓰며 살게 되었다. 그렇게 어른이 되어서도 나는 남에게 잘 보이기 위해서 있는 힘껏 애쓰고 또 애를 썼다. 주변에서 하는 "긴장하지 마. 잘할 수 있어."란 말이 오히려 나를 더 긴장되게 했다. 매 순간 내가 괜찮은 사람이라는 것을 증명하려고 사력을 다했다. 내가 애쓴 만큼 주변에서 사랑을 받았다. 외줄타기를 하듯 아슬아슬한 날들을 보냈다. 삐끗하는 순간 모든 것이 무너져 내릴 것 같았다. 원래 가지고 있었던 완벽주의 성향은 더 짙어져 갔다.

과도한 긴장으로 인해서 다양한 건강 문제가 생겼다. 과도한 스트레스로 공황이 찾아오기도 했다. 조금이나마 편안해지기 위해서 명상을 본격적으로 배우기 시작했다. 명상 센터에 다니면서 '몸에 힘을 빼지 못하는 근본적인 이유'를 알게 되었다. 몸에 긴장을 푸는 것이 먼저가 아니라 마음을 말랑말랑하게 만드는 것이 우선이었다. '긴장 제조기'는 바로 나의 사고방식이었다.

평소에 어떤 생각을 주로 하는지 꼼꼼하게 점검해 보니, 경직되고 이분법적인 사고가 주를 이루었다. '~하지 않으면 안 돼', '~해야만 해', '이것만큼은', '반드시', '절대' 등의 말들을 자주 사용하고 있음을 알게 되었다. 큰일이 날 것 같고 초조하고 불안해지는 것이 당연했다. 명상을 하는 중에도 '몸에 힘이 빠지지 않으면 어떻게 하지? (그러면 안 되는데)'라는 생각을 하고 있었으니 말이다. 또 일이나 관계에 있어서 예상하거나 계획한 대로 상황이 돌아가지 않으면 당황하고 긴장했다. 긴장하면 할수록 실수도 잦고 더 전전긍긍하게 되었다. 그럴 때 '괜찮아'라고 마음을 먹어 보려고 했지만, '망했다'라는 생각도 같이 올라왔다.

'삶은 원하는 대로 흘러가지 않는다. 예측하고 통제할 수도 없다. 내가 계획한 대로 되지 않는 것이 당연한 거고 우연히 잘 되면 그것은 감사한 것이다.' 나는 신이 아니다. 내가 아등바등 애를 쓴다고 해서 원하는 결과가 나온다는 보장도 없었다. 그러니 너무 애를 쓰기보다는 내가 할 수 있는 만큼 노력하고 그 이후에는 물 흐르듯 자연스럽게 흐름에 맡기기로 했다.

우연히 듣게 된 '오히려 좋아'라는 말을 즐겨하기 시작했다. 웹툰 작가이자 유명 유튜버인 '침착맨'이 만든 유행어였다. 위기를 기회로 바꿀 수 있다는 희망을 주는 언어였다. 입버릇처럼 그 말을 하다 보니 내가 계획한 대로 되지 않아도 괜찮으며 말 그대로 오히려 좋다는 마음이 들었다. '그럴 수도 있지'라고 가능성을 열어두는 말도 긴장을 푸는 것에 도움이 되었다.

몸을 말랑말랑하게 만드는 연습도 꾸준히 했다. '이완 명상'을 배우며 몸에 힘을 빼는 감각을 익혔다. 힘을 빼려면 먼저 힘이 들어갔을 때와 힘이 빠졌을 때의 차이를 느껴야 한다. 우선 양손을 있는 힘껏 꽉 주먹 쥐었다가 한순간에 스르륵 손에 힘을 빼보면 된다. 이때도 마찬가지로 '긴장을 빼는 것이 잘되지 않을 수도 있지. 연습하면 되지.'라며 여유를 가지고 기다려주고 너그러워질 필요가 있었다. 일상 중 수시로 살짝 입꼬리를 올리며 미소를 지어보는 것도 마음을 편안하게 했다. 그렇게 얼어붙어 있던 나의 몸과 마음을 활짝 열고 점점 유연해지기 시작했다. 건강 문제도 긴장도 많이 줄어들게 되었다. 얼어붙은 내 몸과 마음에 봄이 찾아오는 것 같았다.

3장

흉터는
예쁘진 않지만
아물고 있어

강강약약
— 왕따는 나만 당한 게 아니잖아?

"야 너 이거 맨손으로 집어."

시선이 향한 곳은 다름 아닌 화장실 바닥에 있는 하수구에 널브러진 급식 찌꺼기였다. 학교에서 소위 노는 아이들이 나를 둘러싼 채 재밌다는 듯이 웃었다. 거북하고 내키지 않았지만 나는 별로 저항하지 않고 그 찌꺼기를 손으로 잡아 올렸다. 그걸 집기 전에는 밖으로 나갈 수 없어서였다. 어느 날은 수업이 끝나고 같은 반 남자아이가 짓궂게 웃으며 말했다. "우리 사다리 타기를 해서 한 명한테 쓰레기 몰아주기로 할까?"

모두가 동의했고 사다리 타기는 누군가 걸릴 때까지 반복되었다. 그 누군가는 바로 나이다. 나는 울며 겨자 먹기로 아이들이 시킨 대로 책가방 안에 그들이 몰아준 쓰레기를 채워 넣었다. 쓰레기로 가득 찬 가방을 들고 집으로 간 나는 그것들을 비워내며 펑펑 울었다. 내가 마치 쓰레기가 된 기분이었다. 그렇다. 나는 전학 간 학교에서 집단 따돌림을 당했다. 당시 돌아가면서 따돌림을 하는 '이지메'가 유행이자 사회적 이슈였고, 지나치게 반듯한 모습을 보이고 고분고분했던 내가 먹잇감이 된 거였다. 텃세도 있었을 것이고 어느 무리에선 센 척하는 아이들이 동경과 인정의 대상이 되기도 하던 때라서 그랬을 수도 있을 것이다. 나랑 같은 시기에 전학을 온 여자애는 입과 행동이 거칠었고, 금방 노는 아이들과 친해지며 인기를 누린 걸 보면 말이다. 그들은 손을 번쩍 들고 발표를 희망하는 내 모습을 대놓고 조롱하기도 했다. 전학을 가기 전까지는 친구들도 많고 모범생으로 나름 선생님께 예쁨을 받았기에 더 충격이었다.

나도 또 다른 전학생처럼 껄렁껄렁한 태도와 함께 욕을 보탰더니, 어이없게 그게 먹혀서 왕따에서 벗어났지만, 그 과정에서 큰 상처를 입었다.

정작 나의 마음을 무너지게 만든 것은 아이들의 괴롭힘이 아닌 가족의 무심함과 대처였다. 지방 근무 중이던 아빠는 평소 나에게 크게 관심이 없었다. 딸이 어떻게 살고 있는지 힘든 일은 없는지 궁금해하지 않았다. 엄마 역시 고충을 털어놓았을 때 별로 대수롭지 않다는 듯 "네가 더 잘하면 되지. 사이좋게 지내려고 노력해라."라며 책임을 나에게 돌렸다. 그렇게 내 편이 되어줄 것 같았던 가족의 냉담한 반응이 집단 따돌림보다 더 충격이었다. 믿고 기댈 곳이 없어서 따돌림을 당하는 동안 참 서글프고 괴로웠다. 다행히 오래되지 않아 괴롭힘으로부터 해방될 수 있었기에, 잠시 악몽을 꿨던 것을 잊고 그렇게 쭉 잘 살아가겠거니 했다.

그러나 다시는 겪고 싶지 않았던 따돌림을 성인이 되어서 또 겪게 되었다. 대학을 마치고 들어갔던 첫 직장에서 직장 내 왕따를 당하게 되니 그제야 나에게 문제가 있는 것이 아닌지 심각하게 고민되기 시작했다. 대인 관계에 대한 자신감도 없어졌고 자존감도 낮아졌다. 예전에 입은 상처가 되살아나면서 나를 마구 뒤흔들었다. 참다못해 고충을 털어놓았을 때 엄마는 위로와 공감을 해주었고 아빠는 무심하지 않았다. 작은 듯 보이나 하늘과 땅만큼 큰 차이로 느껴졌다. "그런 인간들한테 왜 당하고 있냐? 사표를 낼 각오로 들이받기라도 하지. 왜 당하고 있어! 어깨 펴고! 당당하게 할 말을 하고 다니란 말이야. 알겠어?"라는 냉정한 반응이 돌아왔고 기분이 좋지 않았지만, 무관심보다 훨씬 좋았다.

유약했던 나는 아빠 말처럼 치받고 싶었지만 치받을 수 없었고, 당할 만큼 당하고 나서야 사표를 쓰고 나오게 되었다. 다른 직장에 가서 '집단 괴롭힘'을 당하지 않기 위해서는 내가 변해야만 했고 강해져야만 했다. 겪어 보니 세상은 녹록지 않은 곳이었고, 좋은 사람들도 많았지만, 빌런이 훨씬 많았다. 이리저리 치이고 공격당해 보니 결국 아빠 말이 영 틀린 말은 아님을 인정했다. 비교적 대인 관계는 원만했고 넓게 두루두루 잘 지내는 편이었지만 그건 내가 일방적으로 다른 사람에게 미움받지 않기 위해서 그런 말과 행동 위주로 했기 때문이라는 것을 깨닫게 되었다. 나는 누군가에게 휘둘리기 좋은 '만만해 보이는 상대'였다.

가장 어려운 상대는 '노발대발형'이었다. 눈을 부라리면서 큰 목소리로 자신의 주장을 내세우는 타입 앞에 온몸이 경직되곤 했다. 주눅이 들면서 가슴이 콩닥콩닥 뛰었으며 목소리도 몸도 떨리고 눈물이 날 것 같기도 했다. 꼭 어렸을 때 아빠한테 혼나던 순간으로 돌아가는 것 같았다. 화가 난 아빠는 마치 도깨비같이 무시무시했었다. 그 모습이 잔상처럼 남아 아빠의 모습을 닮은 사람을 보면 도망가고 싶어졌다. 그러나 자꾸 피하기만 한다면 유사한 문제가 평생 따라다닐 수 있겠다는 두려움이 더 컸다. 성장하기 위해서는 더는 물렁물렁하게 굴어서는 안 됐다. 물러설 곳이 더는 없다는 마음으로 내면과 외면의 변화를 시도하게 되었다. 슬기로운 인간관계를 위해 심리학, 처세술에 관한 책도 두루 읽어보았고 잘 해소되지 않는 부분은 심리 상담을 통해 도움을 받았다. 그렇게 꾸준히 몇 년을 지속하니 좀 더 현명한 대처법이 가능해졌다. 이를테면 불합리하거나 도저히 수긍하기 어려운 부분은 참지 말고 단호하게 말하는 일 말이다.

매일 출근 전 머릿속에 생생하게 시뮬레이션을 돌려 보았다. 기가 센 사람, 강한 상대 앞에서도 당당하게 나의 의견을 논리 정연하게 펼치는 모습을 말이다. 나는 만만해 보이지 않기 위해서 어깨를 활짝 펴고 걸음걸이도 더 당당하고 힘 있게 바꿨다. 또 말을 할 때는 더 크고 또렷한 목소리로 말끝을 흐리지 않으려고 노력했다. 전체적으로 차분하고 단단한 태도를 유지하려고 했다. 논쟁이 벌어지더라도 기꺼이 감내해야 했다. 가장 중요한 것은 내가 먼저 내 편이 되어 믿어주고 힘이 되어주는 것이다. 손과 발이 벌벌 떨릴 때도 많았지만, 해보면 해볼수록 익숙해졌다. 대인 관계도 오히려 훨씬 편안해지고 원만해졌다.

몇 달 전 넷플릭스에서 방영한 '더 글로리'가 화제가 되었었다. 더 글로리는 유년 시절 폭력으로 영혼까지 부서진 한 여자가 온 생을 걸어 치밀하게 준비한 처절한 복수와 그 소용돌이에 빠져드는 이들의 이야기를 그린 넷플릭스 시리즈인데, 누군가를 잔인하게 괴롭힘으로 인해 그 사람의 인생이 얼마나 피폐해지는지를 잘 보여주었다. 놀랍게도 실제 사례를 기반으로 만들어졌다고 한다. 나도 괴롭힘을 당해봤던 사람이기에 시청하며 남의 일처럼 느껴지지 않고, 마음이 꽤 아팠다. 따돌림은 사람이 모이는 곳이라면 의외로 흔하게 벌어지곤 한다. 유치원, 학교, 직장, 친구 사이, 가족 간이나 심지어 노인정에도 존재한다고 한다. 대놓고 하는 따돌림도 있지만 은근하게 사람을 괴롭히는 것도 적지 않다.

나는 진짜로 센 사람은 무례한 상대에게는 강하게 맞서고 약한 상대는 보듬어 안아줄 수 있는 '강강약약'한 사람이라고 생각한다. '강강약약'은 '강한 자에게 강하고 약한 자에게 약하다'는 의미이다.

어린 시절 내가 따돌림을 당했을 때 누군가 나의 아픔을 공감해 주고 버팀목이 되었으면 조금은 덜 아프지 않았을까 하는 아쉬움이 크다. 그래서 나는 나를 지킬 줄 알면서도, 타인의 상처를 보듬을 줄 아는 '강하면서도 약한 사람'이 되어 보려고 한다.

혼자가 편하지만,
같이 있어도 좋아

설 당일. 영업하는 곳을 찾아 차갑고 텅 빈 거리를 한참을 배회하고 서성였다. 혼자 식당에 앉아 늦은 점심을 먹으며 텅 비어있는 식당 안에 함께하고 있는 사람들을 보니 대부분 혼자였다. 사랑하는 이들과 함께하지 못하고 '나 홀로 명절'을 보내고 있는 동지들 같아서 묘하게 위안이 되었다. 찰칵. 음식 사진을 가족에게 카톡으로 보내니 나머지 가족들도 각자 음식 사진을 보내온다. 예전에는 주로 내가 일방적으로 카톡을 보냈는데, 최근에는 자연스럽게 식전 인사를 주고받는다. 동생으로부터는 사진과 함께 '마음으로 함께 먹는다'라는 카톡도 받았다. 메타버스(현실 세계와 같은 사회 · 경제 · 문화 활동이 이뤄지는 3차원 가상 세계)형 가족이 따로 없다.

나는 그렇게 의식을 치르듯 어딘가 연결된 채로 식사를 시작한다. 지겹도록 혼자 먹어서 익숙해질 법도 한 '혼밥'이었지만 생일, 크리스마스, 명절과 같이 특별한 날에 혼자서 보내는 것은 어쩐지 쓸쓸했다. 그러나 이내 고개를 저어 쓸쓸한 기분을 털어낸다. '이번에는 내가 해야 할 일이 있어서 선택한 거잖아. 그리고 편안하고 좋은데 뭐. 고독한 미식가가 된 것 같기도 하고. 오늘도 평범한 날 중 하나일 뿐이야.' 천천히 입 안에서 음식물을 굴리다 보니 이런저런 생각들이 스쳐 지나간다. '언제부터 나는 혼자인 것이 익숙해진 것일까?'

원했던 건 아니었지만 어릴 때부터 혼자 지내는 시간이 많았다. 가족, 친구, 그 외에도 만났던 사람들은 다수가 개인주의적이고 독립적인 성향이었기 때문이었다. 어쩌다 보니 생일이나 크리스마스, 추석, 설날 등 특별한 날 함께 시간을 보낸 것은 손에 꼽을 정도로 적었다. 대신 '선물'로 보상을 받았지만 내가 원하는 건 선물이 아니라 함께 시간을 보내는 거였다. 물론 선물도 좋았지만 채워지지 않는 외로움이 함께했다. 일상을 보내면서도 마찬가지였다.

어릴 때 나는 '대가족이 사는 집에 가서 지지고 볶고 부대끼면서 사는 게 꿈'이었다. 외가, 친가 양쪽 조부모님이 일찍 돌아가신 편이어서 어릴 때 이후로는 서로 모인 적이 없었다. 그래서 가족들, 친척들끼리 잘 어울리는 집이 너무 부러웠다. 이런 얘기를 늘어놓으면 주변에서는 배가 불렀다고 했다. 얼마나 힘든 줄 아느냐고 복받은 줄 알라고 했다. 귀찮고, 피곤하고 힘든 점들을 일일이 나열하면서 말이다. 그래서였을까 나에게 집착하던 사람을 만난 적이 있는데 나는 은근히 그것을 즐겼다. 건강한 관계에 대한 경험도 제대로 된 정의도 없는 상태였다.

부모님이 지방으로 내려가시면서 혼자 따로 살게 된 것도 벌써 10년이 다 되어 간다. 가뜩이나 외롭게 자라났는데 잔병치레도 잦아서 아플 때마다 얼마나 서러웠는지 모른다. 독립하고 초반에는 너무 외롭고 힘들었다. 특히 사고로 나 홀로 침대 생활까지 몇 년을 지속하는 동안은 뼈에 사무치게 누군가의 온기가 그리울 때도 있었다.

이렇게 나열해 놓고 보니 내가 외톨이 그 자체 같지만 나를 알고 있는 사람들이 이 글을 읽으면 '진짜?'라고 되물으며 의외라는 반응을 보일지도 모른다. 가족 외에는 남에게 나의 약한 모습이나 힘든 내색을 잘 안 보여주려고 하고 혼자 묵묵히 삭히는 편이기 때문이다. 게다가 다양한 외부 활동을 왕성하게 지속하고 있기도 하니 누군가는 나를 '인싸'('인사이더'라는 뜻으로, 각종 행사나 모임에 적극적으로 참여하면서 사람들과 잘 어울려 지내는 사람을 이르는 말)로 보지만 사실 나는 '아웃사이더'에 가까웠다. 지지고 볶고 부대끼는 일이 없는 넓고 얕은 인간관계를 맺었고, 소수에게만 곁을 내주는 편이었다. 낯도 가렸고, 신중함을 가장해 상처받을 일이 없게 철벽 방어를 했던 면도 없지 않아 있었다. 한마디로 깊은 관계를 맺는 것이 어려웠다.

혼자 지내는 게 외롭고 서럽다, 사람들과 지지고 볶고 부대끼고 싶다고 하면서 '혼자 있는 게 괴로운데, 솔직히 편하긴 해.'가 솔직한 나의 심정이었다. 그런 내가 용기를 내기 시작한 것은 '독서 모임'을 통해 나를 있는 그대로 인정해 주는 사람들과 끈끈한 만남을 이어가면서였다.

직업, 나이 등 외부적인 조건을 걷어낸 사람 대 사람과의 만남이었는데, 우리는 가면을 벗은 채 순수하고 유쾌한 만남을 이어갔다. 우리는 상대의 단점보다는 장점을 더 보려고 했는데, 덕분에 나도 몰랐던 나의 장점도 많이 알게 되었다. 그렇게 무장 해제된 내 모습을 보여줘도 변하거나 떠나지 않는 인연들과 함께하면서, 나는 혼자만의 동굴 속에서 점차 벗어나게 되었다.

깊은 유대감을 맺는 데에 어려움이 없었던 것은 아니었다. 이미 오랫동안 방어막을 치는 것에 익숙해져 버려서 바뀌려면 엄청난 인내와 노력이 필요했다. 나를 파괴할 것 같은 관계는 아무리 마음이 쓰여도 과감하게 끊어냈는데, 그건 지나치게 정이 많은 나에게 정말 어려운 일이기도 했다. 물론 흔들리고 무너지는 순간도 많았다. 상대에게 무언가 기대하는 마음이 들 때면 살포시 내려놓고 나 자신에게 더 집중했다. 건강한 인간관계를 맺기 위해서는 각자 혼자 있어도, 함께 있어도 편안하게 잘 지낼 수 있어야 했다.

외로움을 채우기 위해 좋아하지도 않는 사람을 만난다거나, 유흥에 빠지는 등 방탕하게 지내지 않았다. 대신 나는 책을 읽거나 새로운 분야를 공부하거나, 산책이나 사색하며 내면을 건강하게 돌보며 보냈다. 외로움에 무너지지 않고 건강한 방향으로 내 삶을 이끌어 왔다. 그러다 보니 때로는 누군가를 위로해 주고 공감해 주고 품어줄 수 있는 여력도 생겼다. 과거의 나는 혼자 있으면 우울하고 외롭고 괴로웠지만, 지금은 혼자도 좋고 함께 있어도 좋다. 아직 관계를 맺는 것에 있어서 미숙한 면도 많지만, 그런 점을 들키지 않으려고 피하거나 멀리하지 않으려고 한다. 누구나 완벽한 사람은 없고, 같이 지내고 부대끼며 서로 배우는 것이 많아질 테니까.

춤추는 고장 난 마리오네트

'어서 오세요. 회원님~ 오늘도 힘차게 달려 보아요!'

문을 열자마자 화려한 복장의 강사가 힘차고 생기 넘치는 목소리로 인사했다. 줌바 댄스가 우리나라에 들어온 지 얼마 안 됐을 때였다. '차차차도 라틴댄스도 아닌, 살짝 에어로빅 같은 이 묘한 춤은 뭐지?' 살짝 당황스러웠다. 함께 수업을 듣는 사람은 정열이 넘치는 아주머니가 대부분이었다. 20대는 내가 유일했다. 그러나 이내 나는 홀린 듯이 강사님이 이끄는 대로 신나게 줌바를 췄다. 그분은 끼가 넘쳤고 온몸으로 열정이 뚫고 나오는 것 같았다. 라틴 댄스곡이 나올 때 나는 마치

멕시코 태양 아래에서 칵테일 한잔을 손에 들고 자유롭게 재즈를 추는 여자가 된 듯했다.

배경음악으로 재즈, 라틴 댄스, 방송 댄스곡 등 골고루 흘러나왔고, 안무는 줌바의 정체성을 잃지 않은 채 각 춤 스타일을 어느 정도 반영하고 있어서 골고루 다 배워 보고 싶었던 나의 욕구도 어느 정도 채워 주었다. 그런 점도 좋았지만, 춤을 추는 동안에는 아무 생각도 나지 않고 온전히 동작에만 집중할 수 있어서 좋았다. 한바탕 신나게 추고 나면 스트레스가 풀리고 기분이 좋아지며 활기가 도는 느낌이었다.

줌바를 배우기 시작하고 6개월이 지난 어느 날이었다. 여느 날처럼 신나게 춤을 추고 있는데 갑자기 눈물이 차올랐다. '응, 뭐지?' 거울 속 나는 분명 밝게 웃고 있는데 이상했다. 참다 참다 뺨 위로 살짝 눈물이 흘렀다. 적당히 쓰고 있던 모자챙 그늘에 가려 보이지 않을 만큼 흘러버린 눈물을 나는 땀 닦는 시늉을 하며 손등으로 얼른 훔쳤다. '모자를 쓰고 있어서 정말 다행이다.' 그 자리에서 춤을 추며 눈물을 뚝뚝 흘렸다가는 다들 무슨 일이냐고 달려와서 물어볼지도 모른다. 생각만 해도 끔찍했다.

거울 속에서 입술을 꽉 깨문 채 춤추는 내 모습이 눈에 들어왔다. 기괴했다. 당시에는 내가 아픈 것보다 남들의 시선을 더 신경 쓰고 눈물을 흘리는 나 자신을 창피하다고 여겼다. 눈물이 나오는 순간만 참고 버티다 보니 정말로 괜찮아졌고 그냥 일시적인 걸 거라고. 별일 아니겠지 하고 더는 신경 쓰지 않으려고 했다. 그런데 이상했다. 이런저런 힘든 일이 있었음에도 그동안 애써 씩씩한 척 밝은 척 티를 내지 않고 참아와서였는지, 한번 눈물샘이 터지고 나니 그 뒤로 시도 때도 없이 자꾸만 나오려고 했다. 그날 이후로 내 마음이 내 마음 같지 않았고 통제가 되지 않았다. 고장이 난 게 분명했다. 그전까지 나는 항상 슬플 때도 우울할 때도 기분이 좋지 않을 때 의지대로 감출 수 있었다. 포커페이스를 유지했고 가능하면 웃는 얼굴로 다니려고 했었다. 그런데 더는 그럴 수 없게 되어버렸다.

그 후로 나는 춤을 출 때뿐만 아니라 길을 걷다가도, 또 전시회를 보러 가서도 수시로 눈물이 났고 웃음도 점차 잃어갔다. 나는 줌바도, 강제로 괜찮은 척하는 것도 그만둘 수밖에 없었다.

'늘 밝고 웃음이 많은 사람. 착하고 다정하고, 책임감 넘치고 긍정 에너지가 가득한 사람.' 내가 어릴 때부터 많이 들어왔고, 그 수식어를 유지하고 싶었지만 말이다.

가족들한테도, 친구들한테도 사회생활을 할 때도 나는 내가 위에서 말한 이상적인 모습을 계속 유지해야만 인정받고 사랑을 받을 수 있을 거라는 생각을 했었다. 그렇지 않으면 버림을 받을 거라는 두려움이 들어서 힘들어도 슬퍼도 화가 나도 감정을 억지로 삼키고 감추려고 했다. 아무튼 감정이 고장 난 덕분에 줄이 끊어짐으로써 나는 오랫동안 지속하던 마리오네트 인형 노릇으로부터 탈출할 수 있었다.

감정이 고장 난 나는 마치 흑화한 것처럼 보였다. 그동안 주변에 표현하지 않고 쌓였던 것들이 더는 주체할 수 없이 밖으로 넘치기 시작했다. 힘들고, 화나고 슬픈 감정을 날 것 그대로 드러내는 내 모습이 가족들도 낯설었는지 내가 이상해졌다고 했다. 갑자기 왜 그러냐고, 너답지 않다고, 원래대로 돌아오라고, 화를 내기도 했다. 때로는 갈등과 마찰이 건강한 관계를 맺기 위해 꼭 필요하다는 것을 그전까지는 나도 가족들도 충분히 알지 못했다.

불편한 감정은 외면하고 묵인하는 것이 정답인 줄 알았었다.

그 시기에 찍은 사진들을 보면 지금보다 어리고 예쁠 때였는데도 불구하고 그 나이대의 생기나 풋풋함은 찾아볼 수가 없고, 그늘이 가득하고 표정은 차갑고 화가 난 것처럼 보이기도 하고 어딘가 모르게 얼어붙어 있다. 다시 웃음을 되찾게 된 것은 그로부터 아주 긴 시간이 흐른 뒤다. 나는 내가 웃음을 되찾을 때까지 남보다 내 마음에 귀 기울이고 집중하는 시간을 가졌다.

친구들과는 가끔 만났고, '좋은 게 좋은 것. 힘든 얘기는 뭐하러 길게 하니. 성인이 되었으면 씩씩하게 어른답게 굴어라.' '우리끼리는 어지간하면 웃으면서 좋은 얘기만 하자.'는 가족들과는 참 많이도 싸웠다. 가족들은 네가 문제를 일으키지 않는다면 우리끼리는 별다른 문제가 없을 거라고 했다. 누군가와 함께할 때 즐겁고 편안하게 느껴진다면 누군가 일방적으로 맞추려고 애써 노력하고 힘든 걸 참고 있는 것일 수도 있는데 말이다.

더는 참지 못하고 흑화해 버린 덕분에 내 감정을 가감 없이 드러낼 수 있었다. 곪아 터진 자리는 쉽게 아물지는 않았고 꽤 오랫동안 갈등은 반복되었다. 그럼에도 불구하고 나는 포기하지 않고 계속 대화를 시도했고, 가족들도 조금씩 차차 마음을 열고 내 이야기를 들어주기 시작했다. 고장이 났던 내 감정도 점차 정상적으로 작동하며 울어야 할 때 울고 웃어야 할 때 웃을 수 있게 되었다.

그러데이션
분노

"너는 진짜 화를 잘 안 내네. 꼭 부처님 같다."

우리 주변에는 흔하지는 않지만 절대 화를 낼 것 같지 않은 유형의 사람들이 있다. 분명히 화를 낼 만한 상황임에도 불구하고 그저 괜찮다고만 말하는 거다. 나 역시도 그런 사람 중 한 사람이었다. 상대방이 잘못한 일이 있어서 마음이 상했음에도 내색하고 싶지 않아서 화를 속으로 최대한 삭이려고 했다.

'화를 내면 분명 분위기가 어색해질 수 있으니 참아야지.'

'괜히 화를 냈다가 저 사람이 마음 상해서 관계가 어긋날

지도 몰라.'

공연히 불편한 감정을 드러냈다가 상황이 복잡해지거나 상대방과 관계가 어색해지거나 사이가 틀어질까 염려되어 가능하면 그냥 참고 대충 맞춰 가면서 살았었다. 그렇다 보니까 호의가 계속되면 권리로 안다고 나보다 상대방의 기분을 배려하는 것이 반복되었고, 나를 만만히 보는 사람들도 점점 늘어갔다. 무리한 부탁을 하는 사람, 뻔뻔함과 무례함을 넘나드는 말들로 마음을 상하게 하는 경우도 적지 않았다.

"아, 네 하하……. 그러셨군요. 괜찮아요. 그냥 제가 하면 되죠."

정말 괜찮을 때도 있었지만, 억지로 괜찮은 척하고 넘어갔기에 겉으로는 웃으면서 속으로는 부글부글 끓어오르는 때도 제법 되었다. 인자한 미소를 지으면서 괜찮다고 하는 모습이 스스로 가식적으로 느껴져 자괴감이 들기도 했다. 정말로 바다와 같은 마음, 깊고 넓은 마음을 가진 상태로 그렇게 할 수 있었다면 크게 문제가 될 것은 없었겠지만, 문제는 내가 소심하고 좁은 마음을 가지고 있으면서 아닌 척하는 것에 있었다.

겉으로는 대인배인 것처럼 행동하고 속으로는 불평불만이 가득한데 억지로 참다 보니, 냄비에서 바글바글 끓인 물이 흘러넘치듯 억눌렀던 감정이 넘치기 시작했고, 가끔은 발작 버튼이 눌린 것처럼 상대방한테 차곡차곡 쌓아왔던 분노를 한꺼번에 터트렸다. 그러려고 한 건 아니었는데, 나도 모르게 말하다가 감정 조절에 실패해서 그러데이션 분노로 급발진하게 되었다. 상대방은 당연히 과한 내 반응에 기분이 상했고, 멀어지지 않으려고 참던 일이 오히려 관계를 안 좋게 만들게 되었다.

넘쳐흐르는 짜증과 화는 엉뚱한 곳으로 가기도 했다. 종종 애꿎은 엄마에게 짜증을 낼 때도 있었고, 대부분은 나 자신에게 넘친 화가 돌아가게 되었다. 평소에 쌓였던 부정적인 감정들은 몸과 마음에도 당연히 악영향을 주었는데, 몸 곳곳을 공격하기 시작했고 온몸에 심한 알레르기가 생기거나 두드러기가 올라왔다. 명치가 터질 것처럼 답답하고 상체로 열이 쏠리는, '화병'도 겪었다. 부처는 무슨 부처인가. 가당치도 않은 말이었다. 내가 꿈꾸던 부처님의 삶과는 정말 거리가 멀게 느껴졌다. 나의 좁고 소심한 마음을 인정하고 돌아보면서 '상대방이 내 마음대로 행동해 주기를' 바랐던 마음을 내려놓는 연습을 시작했다. 예를 들어 이런 식이다. '어떻게 그렇게 무리한 부탁을 할 수 있지.'라는 생각도 나의 생각임을 알게 되었다. 상대방은 그것이 나에게 무리한 부탁인지 모르고 했을 수도 있고, 또 설령 무리한 부탁이라는 것을 알아도 내가 괜찮다고 했기 때문에 상대방에게만 잘못이 있다고 할 수 없는 것이었다.

상대방에게 그때그때 나의 감정과 상황을 충분히 상대가 이해할 수 있도록 전달했음에도 무리한 요구가 이어진다면 솔직하고 단호하게 거부의 의사를 전달했다. 처음에는 견딜 수 없이 어색하기도 하고 말을 뱉어 놓고 안절부절할 때도 있었지만 점점 익숙해졌다.

매일 마음을 키워가고 확장하는 연습 또한 게을리하지 않았다. 그날따라 누군가가 지나치게 날이 서 있고 공격적인 반응을 보인다면, 그 사람이 현재 힘든 일이 있어서 감정에 여유가 없는 건 아닐지 혹은 뭔가 다른 일로 서운한 감정이 쌓인 건 아닌지 살펴보는 식으로 최대한 다양한 각도에서 상황과 상대방을 보려고 노력했다.

소심하고 작은 마음을 가지고 있으면 상황을 제대로 알지도 못한 채 작은 일에도 마음이 상하고 상대와 부딪히게 되니까 말이다. 명상 선생님께 배운 대로 화가 날 때 '겨우 이만한 일로 화를 내어야 하는지, 마음이 상해야 하는지' 속으로 되물어 보았다. 꾸준히 지속해서 해보니 분노가 점점 커지지 않게끔 급방 브레이크가 걸렸다. 그러다 보니 어느덧 몸과 마음은 편안해지고 화가 쌓이는 일도 드물게 되었다. 그러면서 알레르기도 놀라울 만큼 좋아졌고, 가슴이 답답하고 두통이 생기던 것도 거의 없어졌다. 그간 어떻게 그렇게 참고 살았는지 모를 정도로 속도 시원해졌다.

억지로 괜찮은 척하는 것이 아니라 정말 아닌 것은 아니라고 말할 수 있는 강단과 지혜로운 마음가짐을 가지려고 노력한 덕분이다.

반품할수록
반품할 일이 더 자주 생겼다

외출하고 돌아오니 기다리던 상품이 문 앞에 도착해 있었다.

설레는 기분으로 상자를 뜯고 집어 올린 나의 표정이 굳어졌다. 침대 깔개를 주문했는데 얼룩이 묻어 있었다. 누군가 사용하던 걸 보냈다는 생각에 기분이 확 나빠졌다. 최근에 구매한 것 중에 하나도 멀쩡한 게 없다니 정말 이상한 일이었다. 나는 핸드폰을 집어 들어 여러 각도에서 증거 사진을 찍은 뒤, 씩씩거리며 상품을 구매했던 곳에 사진을 올리고 교환 신청 글에 감정을 담아 구구절절 호소하듯 적었다.

'아니 어떻게 이런 걸 보낼 수가 있어?'

글을 올리고 나서 얼마 지나지 않아서 답글이 달렸다. 죄송하다고 교환해 드린다며 제품을 다시 포장해서 준비해 두면 택배 기사가 회수해 간다고 했다. 머리가 지끈거렸다. 가뜩이나 할 일도 많은데 사진을 찍어서 반품 글 올리랴, 글 답변 달렸는지 안 달렸는지 들락거리랴, 다시 포장해서 준비도 해야 하고 너무 귀찮고 성가셨다.

그전에 새로 이사 한 곳에 옵션으로 비치된 가구가 없어서 구매했던 옷장도 그랬다. 배송해 준다고 했던 날을 지키지도 않았고, 배달된 옷장은 문짝 한쪽이 더 위쪽으로 달려 있어서 제대로 닫히지도 않았다. 새로 들인 미니 냉장고는 사자마자 제품 내부 램프에 불이 안 들어왔다.

"헐……. 중고 제품을 산 것도 아니고 새 제품인데."

정말 엉망진창이었다. 심지어 냉장고는 수리 기사가 방문하기까지 꽤 애를 먹었다. 구매한 곳은 말이 통하지 않아서 본사에 항의 전화를 걸어서 겨우 해결했다. 전화 연결도 쉽지 않아서 통화 대기 중 계속 같은 광고 대사랑 음악만 무한 반복되는데 진짜 돌아버리는 줄…….

'왜 나한테만 이런 일이 일어나는 걸까? 뽑기 운도 지지리 없네.'

이런 일이 연이어 반복되니 스트레스가 가득이었다. 그 뒤로는 주문한 상품을 받으면 문제점이 발견될 거 같아서 조마조마한 마음으로 상자를 열어보게 되었다. 새 상품을 시켰다 하면 거의 반타작 수준으로 교환할 일이 그 뒤로도 꽤 오랜 시간 이어졌고 나는 지쳐 버렸다. 가뜩이나 먹고 사는 게 바빠서 쇼핑할 시간을 줄이기 위해 인터넷으로 상품을 주문하게 된 건데, 교환하느라 되려 더 신경을 쓰게 되니 이게 맞는 건가 싶어서 정말 교환해야 할 만큼 심각하게 하자가 없는 한 그냥 쓰기로 정했다.

수리받지 않아도 집에서 내가 해결할 수 있는 거면 그냥 대충 고쳐서 썼고, 반품의 흔적이나 흠이 약간 있어도 그냥 넘어가기도 했다. 새로 산 옷에 검댕이 묻어 있어도 지워지면 굳이 불만을 글로 남기지 않았다.

"모르겠다. 그냥 대충 쓰지 뭐."

그렇게 하다 보니 마음의 평화가 찾아왔고 신기하게도 문제가 있는 상품이 배달되는 일이 확 줄어들었다. 어쩌면 우주가 나에게 까탈스러움을 내려놓으라고 그런 일을 겪게 했나 싶은 생각도 들었다. 아무튼 나는 좀 더 편안하게 구매를 즐기기로 했다. 오프라인보다 온라인 구매 빈도가 높다 보니 그렇게 하는 것이 정신 건강에 이로웠다.

인터넷으로 물건을 사면 복불복일 가능성을 가지고 있다는 걸 받아들이기로 했다. 아무리 매의 눈으로 상품평을 살펴보고 고르고 골라도, 직접 눈으로 보고 사지 않는 한 감수해야 하는 위험이었다. 발품을 팔지 않아도 돼서 편리하게 물건을 사는 대신 마음에 안 드는 상품을 받게 될 가능성도 더 생기는 것이 당연했다. 이런 일을 대수롭지 않게 여기게 되자 밖에서 밥을 먹다가 날파리나 머리카락이 나와도, 상태를 봐서 먹을 만한 정도면 굳이 주인을 불러 지적하며 새로 요리를 내어 달라고 하거나 따지지 않았다. 그 부분만 살포시 건져내고 식사를 마치고 계산하며 다음부터는 주의해 주셨으면 좋겠다고 부드럽게 전달하곤 한다. 비위가 꽤 약한 나에게 이는 놀라운 변화였다.

삶에 순응하는 법을 배워 나가면서 점차 부드러워지는 내 모습이 마음에 든다. 잘 따지고 살면 야무지고 똑 부러지는 건 줄 알았는데 그게 아니었다. 중요한 일이 아니면 대충 넘어가는 게 더 현명한 것 같다. 삶에 순응하는 법을 배워 나가면서 점차 부드러워지는 내 모습이 참 좋다.

무결점 인간이 되고 싶었다

"본인 민폐 끼치기 싫어하지? 본인이 신이야? 그렇게 완벽해? 도움도 기꺼이 받고, 그만큼 세상에 더 의미 있는 일로 갚으면 되는 거지."

명상을 배우고 있던 어느 날 선생님께 지적받았다. 선생님 말씀이 때때로 급작스럽게 머리를 죽비로 한 대 얻어맞은 것처럼 얼얼하게 느껴지곤 했는데 그날도 그랬다. 나는 신선한 충격에 빠졌다. 그렇다! 나는 신이 아니고 인간이라 부족한 점이 있을 수밖에 없는데 혼자서 모든 걸 다하려고 하다니 얼마나 오만했던가. 선생님의 말씀 덕분에 도움을 받는 것보다

주는 것이 더 편했던 날들을 돌이켜보았다.

돌아보니 나는 누군가에게 민폐를 끼친다거나 신세를 지는 것을 극도로 싫어하는 거였다. 힘든 내색을 하는 것도 마찬가지다. 힘이 들 때면 의지하고 싶은 마음이 들기도 했지만 그럴수록 나를 다잡고 정신 차려야 한다며 스스로 몰아붙였다. 늘 완벽한 모습을 보이려고 노력했고, 과도한 책임감으로 혼자 총대를 메는 일이 잦았다. 지나치게 남을 배려한 나머지 부탁하기 미안해서가 가장 컸고, 또 다른 이유는 아무리 힘들어도 상대방에게 맡기는 것보다, 내가 직접 했을 때 결과가 더 내 마음에 들고 편해서였다. 혼자서 다 해내느라 지쳐서 쓰러질 정도로 무리하면서 그렇게 했던 건 두 가지 이유에서였다. 세상은 혼자 살아가는 곳이 아닌 함께 어울려 서로 도와가며 살아가는 곳인데 말이다.

뭔가 부끄럽기도 하고 한편으로는 '아, 이제 혼자 다 꾸역꾸역 짊어지지 말고, 좀 도움받고 기대기도 해야겠다.'란 생각만으로도 뭔가 숨통이 좀 트이는 것 같았다. 힘들 때면 누군가에게 기대고 도움도 받고, 받은 만큼 세상에 나누면서 계속 성장해 가면 그게 다 돌려내는 거라는 말씀에 나는 눈물이 날 거 같았다. 그렇게 그날을 계기로 나는 좀 더 마음을 열고 솔직하게 나의 약한 점을 드러내고 기댈 수 있게 되었다. 도움이 필요하면 타인에게 신세도 지고 기대어도 보면서 더 유대감이 깊어지기도 했다.

최근 업무상 대량으로 우편물을 보낼 일이 있었는데, 주소를 라벨지에 출력하는 게 익숙지 않아서 동료에게 도움을 받고 밥을 산 일이 있다. 그 일을 계기로 우리는 좀 더 친해질 수 있었던 것 같다. 아직도 나는 종종 선뜻 타인에게 무언가를 청하기 꺼려질 때가 있는데 '나는 신이 아니다'를 속으로 세 번 외치고 눈을 질끈 감고선 "저 좀 도와주세요!" 한다. 요즘 회사 일과 글쓰기 등으로 이래저래 바쁘다는 핑계를 대며 한참을 찾아뵙지 못했는데 선생님의 정말 아프면서 미친 듯이 시원한 죽비 세례가 그리워지는 밤이다.

갑자기 비가 내리던 날

어릴 때부터 아무리 바빠도 하루에 한 번 이상은 내가 의식적이든 무의식적이든 취하는 행동이 있다. 바로 하늘을 올려다보는 것. 여유가 있었던 어느 주말 오후 나는 울퉁불퉁 블록이 튀어나온 보도 위를 걸으며 하늘을 올려다보았다. 아주 맑고 화창한 날의 구름은 마치 갓 세탁한 세탁물같이 하늘에 널려 있었다. '찰칵' 눈부시게 빛나는 하늘을 핸드폰 화면에 담았다.

'날이 좋아서 기분이 참 좋아.'

그렇게 얼마간을 걸었을까? 갑자기 머리 위로 빗방울이

떨어지기 시작했다. '어 이상하다? 비가 온다는 예보는 없었는데.' 나는 날이 흐리거나 우중충하면 기분이 물에 젖은 빨래처럼 아래로 축 처지곤 했다. 다행히 가벼운 소나기인 듯했다. 우산이 없었지만 모자를 쓰고 있어서 집으로 돌아가는 대신 계속 걷기로 했다. 어디서 맡아본 것 같은 단풍잎 냄새가 콧속을 찔렀다. 동네 놀이터를 지나며 그 냄새를 맡으니, 순식간에 어린 시절 우산이 없어서 발을 동동 구르며 엄마를 기다리던 순간으로 돌아갔다.

그날도 비에 젖어 쿰쿰해진 단풍잎 냄새가 진동했었다. 초등학교 수업을 마치고 집으로 돌아가려는데 우산이 없었다. 혹시 엄마가 나를 데리러 오지 않을까 하는 마음에 정문 앞을 기웃거렸다. 같이 서서 기다리던 단발머리의 여자아이는 활짝 웃으며 우산을 들고 나타난 그 아이의 엄마와 함께 빗속으로 사라졌다. 신발주머니를 머리에 이고 있던 한 친구도 엄마가 두 개의 우산을 들고 와서 행여 비에 젖을까 얼른 아이를 데리고 돌아섰다. 그렇게 하나, 둘, 셋. 모두가 떠나가도록 엄마는 끝내 오지 않았다. 나는 결국 기다리기를 포기하고 신발주머니를 우산 삼으며 추적추적 걸어갔다. 온몸이 잔뜩 젖은 생쥐 꼴로 집에 도착하자 엄마는 쓱 한 번 쳐다보고는 대수롭지 않게 친구한테 같이 쓰고 가자고 하지 그랬냐며 무심하게 툭 한마디 했다. 어쩌면 그때부터였을까. 내가 비 오는 날을 싫어하게 된 것이.

그 후로도 엄마는 우산이 없는 것을 알아도 데리러 오지 않는 날들이 많았다. 어떤 날은 젖은 신문지를 머리에 얹고 오기도 했고, 들고 있던 종이 가방이 불어 터져서 비가 가득 고인 인도에 짐들이 자꾸만 우수수 흩어져서, 빗속에서 연거푸 쪼그려 앉아 줍고 떨어트리기를 반복하고 왔던 적도 있다. 계속 걸으며 나는 어린 시절의 조각들을 마주했고 기분 전환하러 나간 산책에서 더욱 젖어 버린 감정을 안고 터덜터덜 집으로 돌아오곤 했다.

'비가 올 줄 알았으면 집에 있을 걸 괜히 나갔나?'

'그때 기억은 왜 난 거지? 날씨 탓인가? 아니다. 괜히 생각하면 기분만 더 안 좋아지지.'

다음 날이 되어도 그 다음날도 비는 계속되었다. 한 번 떠오른 기억은 꼬리에 꼬리를 물고 계속되었다. 기분이 우울로 축축하게 젖어 마를 기미가 안 보였고 힘겹게 하루를 보냈다.

그렇게 꾸역꾸역 보내다 보니 해가 났고 기분도 밝아졌다. 바쁜 일상을 보내다 보니 엄마와의 에피소드도 점점 머릿속에서 멀어지는 듯했다. 그러나 한 번 툭 튀어나온 기억은 흐린 날마다 종종 찾아오곤 했다.

'그때의 일이 왜 반복해서 떠오르는 걸까?'

그럴 때마다 내면에 거듭 질문을 반복하다 보니 대답이 들리는 듯했다. '아직 상처받은 채로 여기 남아있어. 나 좀 봐줄래?' 거기에 어린 내가 비를 맞으며 슬픈 표정으로 서 있었다.

금방이라도 울 것 같은 얼굴로 빗물을 떨구고 있는 아이를 힘껏 안아 주었다. '엄마가 오지 않아서 슬펐지? 네가 워낙 씩씩하니 알아서 올 거라고 여기셨나 봐. 그래도 비를 맞으며 집으로 가야 해서 속상했겠다.' 그렇게 위로해 주니 좀 낫긴 했지만 서럽고 속상한 마음이 쉽게 가시지는 않았다. 머리로는 이해가 가도 완전히 마음이 안 풀어졌다. 계속 내면과 대화하다 보니 이것저것 그동안 제대로 보살핌이나 챙김을 받지 못했던 다양한 일화들이 줄지어서 떠올랐다.

엄마가 우산을 가져다주지 않았던 사건은 그동안 불만이

쌓여 있던 것에 돌 하나 얹은 것에 불과했던 거다.

영혼이 없는 딱딱한 로봇처럼 엄마는 고맙다, 미안하다, 사랑한다는 표현에 인색했고 서운했던 것, 힘들 때 공감을 쉽게 해 주기보다는 반응이 없거나 독설에 가까운 조언을 날리곤 했다.

'완전 로봇 맘이야! 로봇 맘!'이라고 투정을 부려도 들은 척도 하지 않았다. 그렇게 영원히 이해되지 않을 것 같던 엄마에게 얼마 전 MBTI 테스트를 권했다. 검사 결과 무심하고 무뚝뚝하기로 유명한 'ISTP'가 나왔다. 성향에 대한 설명을 보고 둘 다 빵 터졌다. 유행처럼 번진 MBTI 검사가 고마웠던 건 도저히 이해할 수 없었던 사람도 하나의 캐릭터로 보인다는 것이다. 엄마의 성향을 자세히 알게 되니 ISTP 치고는 나름 나를 위해 최선을 다했구나 싶었다. 애를 써도 채워 줄 수 없는 부분도 있었던 거다.

기대했던 만큼 챙김을 충분히 받지 못한 점도 있었지만 나는 우산이 없으면 잠시 정류장에서 비가 멈출 때까지 기다리거나, 편의점에서 새 우산을 사는 식으로 유연하게 대처할 수 있는 어른으로 무사히 자라났다. 힘든 일이 생기면 내가 나에게 보호자가 되어서 제법 그럴듯한 말로 다정하게 위로를 전할 줄도 안다. 결핍이 컸던 만큼 더 편안하고 행복한 내가 되기 위해 노력했고, 성숙한 태도와 다양한 관점으로 나와 타인을 바라볼 수 있게 되었으니 이만하면 참 잘 살아온 것 같다.

이따금 비가 와서 마음이 혼란스러워졌던 과거처럼 불쑥 예전의 앙금이 올라오곤 한다. 그럴 때 갑작스러운 감정 변화에 당황해서 예민해지기보다는, '내 마음이 무엇을 말하고 싶어 하는 것일까?' 호기심을 가지고 나의 내면을 관찰해 보고 있다. 그런 작업을 통해 감정 기복이 날씨의 변화만큼 변화무쌍했던 과거와 다르게 나는 점점 안정되어 가는 중이다.

나에게 여름 방학을 주기로 했다

뭔가 이상했다. 시계도 고장이 난 듯했고 아무리 달려가도 목적지가 나오지 않았다. 아니 오히려 점점 엉뚱한 방향으로 가는 듯했다. 사력을 다해서 얼마를 달렸을까, 디자인 대학 입시 시험장에 도착했을 때는 이미 실기시험 시간 중 절반이 넘게 지나 있었다. 다리에 힘이 빠져서 정신을 붙잡으려 두 눈을 질끈 감았다.

'할 수 있을까? 포기해야 하나? 아니다. 그래도 이대로 포기할 수는 없어.'

아무리 날고 기고 천재가 와도 미완성으로 그림을 제출할 수밖에 없는 시간이라는 것을 알고 있기에 눈물이 날 것 같았지만 최선을 다해 그림을 그려 제출했다. 시험 종료를 알리는 소리와 함께 극도의 허무함과 공허함이 밀려드는 동시에 눈이 번쩍 떠졌다.

'헉……. 또 꿈이었구나.'

다행히도 꿈이었다. 종종 꿈에서 반복되는 패턴이었다. 친구들과 여행을 갔는데 처음에는 분명 신나게 길거리를 구경하다 어느 순간 혼자 남아 친구들을 찾아 헤매고 다니다가 여행을 즐기지 못한 채 고생만 실컷 하다가 꿈이 끝나버린 적도 있었다. 평소에 얼마나 압박감을 심하게 느끼고 있었으면 꿈에서도 시달리나 싶었다.

항상 어딘가에 쫓기는 것 같고 뭔가를 열심히 하지 않으면 불안하고 누가 뭐라고 하는 것도 아니건만 쉴 때조차 마음이 편안하지 않고 자꾸 눈치가 보였다. 쉬어도 쉬는 것 같지 않은 휴식을 취할 때가 많았다.

'제발 누가 나를 좀 멈춰 주세요!'

죽을 것처럼 힘든데 어떻게 멈춰야 하는지를 몰랐다. 엄마에게 도움을 요청했다. 어릴 때 부모님께 관심을 크게 받지 못하다가 열심히 공부하면서부터 관심과 애정을 받았고, 그 때부터 계속 인정받기 위해 무리하면서 노력하던 것이 쭉 이어졌다고 속내를 털어놓았다.

'어렸을 적에 쉬고 있으면 비난을 받았던 것이 자꾸만 떠올라. 엄마. 지금도 쉬고 있으면 스스로가 한심해지고 불안해. 스스로 제어가 어려운 상황이야. 내가 무리를 하는 것 같으면 쉬라고 말 좀 해주라.'

엄마는 부탁받은 대로 내가 무리한다 싶을 때마다 '쉬어가면서 해라.'라고 말해주셨고, 덕분에 어느 정도 마음이 편안해지는 효과는 있었지만, 쉼 없이 달리는 날들이 계속되었다. 몸과 마음이 완전히 지치고 병이 나서 꼼짝도 할 수 없을 때만 간신히 쉴 수 있었다. 심지어 몸은 쉬어도 마음은 제대로 쉴 수 없었다. 재활을 마친 지 몇 년 되지도 않았는데도 말이다. 그렇게 쳇바퀴 돌 듯 바쁜 일상을 보내던 어느 날 왼쪽 가슴이 꽉 조여들 듯이 아프고 콕콕 찌르는 통증이 느껴졌다. 한의원에서는 폐랑 심장이 매우 좋지 않으니 당장 회사를 그만둬야 한다고 했다. 진료를 마치고 나오는데 눈물이 났다. 대학 병원에 가보니 심장을 둘러싼 막에 염증이 생겨서 물이 찼다고 했다. 다행히 큰 병은 아니었는데 검사를 하는 동안 24시간 홀터기를 착용하고 있다 보니 이대로는 안 되겠다는 결심이 섰다. 나에게 방학을 주기로 했다. 쉬지 않으면 정말로 큰 병이 올지도 모른다는 위기감을 느꼈다.

쉬는 동안 심리 상담도 받고 명상을 본격적으로 배우기 시작했다. 명상 선생님께서는 나에게 필요한 것은 '휴식'이 아니라 '휴양'이라고 하셨다. 지금은 당장 쉬라고 해도 본인이 잘 쉬지 못할 것이라며 무작정 쉬는 것이 아니라 잘 쉬는 법을 배우며, 동시에 부지런히 자기 내면을 길러 내야 한다고 하셨다. 신선한 충격이었다.

'내가 쉬는 법조차 제대로 모르고 있었구나. 열심히만 한다고 능사는 아니구나. 그렇다면 진정한 휴양은 무엇일까?'

집에 돌아와서 사전적 정의를 찾아보니 언뜻 비슷해 보이지만 엄연히 둘은 다른 거였다. 휴식休息은 '하던 일을 멈추고 잠깐 쉼'을 의미하고, 휴양休養은 '편안히 쉬면서 몸과 마음을 보양함'을 뜻했다.

나는 인스턴트식 휴식을 취하면서 버텨왔던 거다. 남의 눈치를 보느라, 민폐를 끼치게 될까 봐 힘들고 아파도 푹 쉰다고 말하지 못했다. 또 먹고살 걱정, 미래에 대한 막연한 불안으로 제대로 일하는 것도 아니고 쉬는 것도 아닌 애매한 시간을 보낸 적이 많았다. 계속 달리기만 한다고 성장을 하는 것이 아닌데 '지금 쉴 시간이 어디 있어?', '남들보다 더 열심히 해야 도태되지 않을 수 있어.'라는 생각에 무작정 냅다 뛰고 또 뛰었던 거다.

"무엇을 위해서 그토록 숨 막히게 앞으로 달려 나갔던 것일까?"

모범생 기질은 버리지 못해서 휴양하며 쉬는 동안 내면의 힘을 기르기 위한 숙제도 꼬박꼬박 열심히 했다. 멈춰 선 자리에서 삶을 돌아보며 내가 가진 인생관을 두루 살펴보고 명상 선생님께 심리와 명상 지도를 받기도 했다.

불안을 조장하는 사회 속에서 중심을 잃지 않고 나만의 속도로 가겠다고 굳게 마음을 먹었다.

마음만 앞서는 것이 아니라 느리더라도 확실하게 한 걸음 한 걸음 우직하게 나아가다 보면 지금보다 더 나은 내가 될 것이라는 믿음이 생겼다. 여름방학처럼 가장 따뜻하고 뜻깊은 시기였다.

푹 쉰 덕분에 폐와 심장도 결과가 정상으로 나왔다. 키는 안 컸지만 1년 남짓 되는 기간 안에 살면서 가장 많이 내적으로 성장한 시간이었다. 덕분에 쉬어도 크게 불안하거나 죄책감을 느끼지 않고 쉴 수 있게 되었다는 게 제일 큰 소득이다. 세상은 어른들에게 방학을 따로 주고 있지 않지만, 앞으로도 나는 필요하면 종종 나에게 방학을 줄 것이다.

슬픈 노래만 골라 듣지 않는다

김윤아의 〈불안은 영혼을 잠식한다〉와 〈야상곡〉이 연달아 이어폰을 통해 흘러나왔다. 미술 학원을 마치고 깜깜해진 밤하늘을 올려다보며 한숨을 깊게 내뱉었다. 가로등 아래 연분홍 벚꽃 잎이 눈앞에서 눈부시게 하얗게 빛나고 있었다. 노래도 밤 풍경도 아름다웠으나 슬펐다.

사춘기 시절 나는 분위기 있고 몽환적인 노래를 좋아해서 MP3 안에 그녀의 노래를 가득 담아 다녔다. 주로 학교나 학원을 오가는 길에 들었는데 재생 목록에는 조성모, 성시경의 노래도 담겨 있었다. 나는 슬프고 아련한 분위기 있는 음악을 좋아했는데, 그 시절 주로 가졌던 기분과 닮았기 때문이다. 다들 밝고 잘 웃는 애로 알고 있었으므로, 내 속이 이렇게 어둡고 우울한지 나 외에는 몰랐을 것이다. 어렸을 때부터 나의 특성이나 개성을 인정받지 못하고 부정당하는 경험을 여러 번 겪다 보니 속이 새카맣게 되고 멍이 가득 들었었나 보다.

디자인 대학에 가기 위해 중학생 때부터 미술 학원에 가게 되었지만, 썩 잘 그리는 편은 아니었다. 재능도 조금은 있겠지만, 배우지 않아도 미술에 뛰어난 두각을 드러내어 외국에서 유명한 화가이신 외삼촌이나, 학원비를 거의 면제받을 정도로 뛰어난 소질을 가졌던 동양화 전공의 작가인 사촌 언니와 다르게 나는 정말 순 노력파였다. 배우지 않고도 포스터 대회라던가 미술 대회에서 입상하는 아이들도 있지만, 나는 받은 적이 거의 손에 꼽는다. 미술 성적이 괜찮았지만 애매했다.

창의력이 좋은 편이고 남들이 하지 않는 독특한 아이디어를 가졌다는 말을 자주 들었다. 반면에 엉뚱하다, 공감이 안 된다, 일반적이지 않다는 평도 적지 않게 들었다. 예술가로서 자신의 작품 세계를 인정받지 못한다는 것은 슬픈 일이었다.

나를 이해해 주지 않는 세상이 원망스러웠다. 입시 미술을 준비하다가 지문이 닳아서 없어졌다. 최선을 다해 그렸는데 '이건 땔감이야 땔감 알겠어?'라는 소리를 듣고 또 들었다. 수능이 끝나고 이뤄진 실기시험에서 나는 보기 좋게 낙방했다. 제출한 그림은 다른 그림들과 함께 종합 운동장 바닥에 깔렸을 것이다. 진짜인지는 모르겠지만 미술 학원 원장님의 말에 의하면 A+부터 B+ 그 이하로는 한꺼번에 눈을 쓸어 모으는 기구로 인정사정없이 밀어 쓸어서 치워진다고 했다.

그래도 재수를 통해 진학하고, 4년 내내 과대를 했다. 성적 우수 장학금을 받기도 했지만 그건 내가 남들보다 훨씬 노력했기 때문이다. 일주일을 다 합쳐서 5시간을 겨우 자는 때도 있었다.

큰 노력을 들이지 않고 타고난 재능으로 우수한 성적을 받는 친구들을 보면서 '아 역시 타고난 것은 못 이기는 것인가.'라며 좌절을 맛보기도 했다.

시각 디자인을 전공하고 그래픽 디자이너로 일하면서도 그리 좋은 평가를 받지 못했다. 유명한 기업의 디자인을 대놓고 베끼라고 요구하거나 너무 주관적인 의견으로 내가 한 작업을 깎아내리는 것이 반복되면서 어렸을 때부터 가지고 있던 디자이너라는 직업의 환상이 무너졌다. 결국은 고객의 의견대로 맞춰주면서 '내가 지금 뭐 하고 있지?'라는 생각이 들었다. 나는 슬럼프가 세게 왔고, 견디지 못해 디자이너를 관두기로 했다.

마케터로 일하게 되면서 살바도르 달리처럼 '상업 예술가'의 정체성을 가지게 되면서, 작업을 '나' 자체로 인식하고 비난받을 때마다 괴로워하던 것에서 벗어났고 상처받지 않게 되었다. 나의 개성이 담긴 디자인 작업으로 누군가를 설득하는 일보다, 고객의 요구에 맞춰 다양한 아이디어를 내는 것이 편했다. 다른 사람들이 무엇을 원하는지 귀를 기울이고 관찰하는 것을 좋아하는 나의 특성에도 딱 맞았다.

나는 원래 늘 먹던 것만 먹고, 가던 곳만 가고, 자주 듣던 노래만 즐겨 듣는 사람이었다. 그것이 나의 개성이자 세계를 만드는 일부라고 생각했다. 마케팅 업무를 하게 되면서 다른 사람들의 취향을 잘 알아야 하고, 시장 흐름에 발맞춰 빠삭하게 파악해야 했으므로 자연스럽게 이것저것 알아보고 직접 써보고 먹고 체험해 보게 되면서 나의 세계도 점차 다양해지고 넓어지기 시작했다.

노래도 당연히 다양한 장르를 넘나들며 듣고 있다. 그러다 보니 슬픈 노래만 골라 들을 일도 적어졌다. 과거의 나는 나도 모르게 우울한 분위기에 취해서 살았던 것 같다. 때로는 어두운 노래나 영화를 보며 위로와 공감을 받을 때도 있었지만 거기서 헤어 나오지 못하면서 누적이 되자, 더 어두워지게 되었던 거다. 어둡고 슬픈 세계에서 벗어나 점차 다시 본래 밝았던 나의 세계를 되찾아가며 나는 세상과도 더 친해졌다.

'저 사람은 파란색 스웨터를 즐겨 입고, 크림빵을 좋아해.' 처럼 자주 접하는 것들이 모여서 나만의 색깔을 만든다. 그게 과해지면 개성이 아니라 자칫 '괴짜'가 될 수 있고 인생에도 적지 않은 영향을 줄 수 있다는 것을 경험하면서 여전히 나는 한쪽으로 기울지 않게 신경을 쓰면서 살아가고 있다. 현재 노래 목록에는 클래식, 재즈, 힙합, 발라드, 댄스곡 등 다양하게 들어있다.

나만의 색깔만을 고집하지 않게 되면서 재능도 조금씩 점점 인정받고 있다. 세상의 취향과 나의 취향이 절묘하게 섞인 것들로 다른 사람들을 만족시킬 때의 그 짜릿함이란! 앞으로도 더 넓고 다양한 세계를 경험해보며 세상을 매혹 시킬 결과물을 만들어 낼 꿈을 키워본다.

해답 카드 속에 인생 해답이 있대

도무지 내 머리에서 답이 나오지 않을 것 같은 퇴근길, 복잡해진 머릿속을 달래기 위해서 아트박스에 들렀다. 파스텔 빛깔의 문구류가 눈을 사로잡았다. 예쁜 스티커도 가득했다. 아기자기한 것들을 구경하니 복잡했던 기분이 조금은 좋아졌다.

그렇게 한 바퀴를 돌던 중 내 눈길을 사로잡은 건 손바닥 크기의 〈인생 해답 카드〉였다. 당신의 고민을 해결해 준다는 문구를 보는 순간 나도 모르게 발걸음을 멈추고 카드를 집어 들었다.

'이게 정말로 고민을 해결해 줄까?'

고작 카드 하나가 인생에 해답을 줄 리가 없다고 생각했지만, 재미 삼아 한 번 뽑아볼까 싶어서 구매해 보기로 했다. 집에 돌아와 편한 옷으로 갈아입고 카드 뭉치를 집어 들었다. 두 손을 활용해 야무지게 섞어서 뒷면이 보이도록 바닥에 쫙 펼쳐 놨다. 그중에서 유독 끌리는 카드를 한 장 뽑아보니 다음과 같은 답이 나왔다.

〈네 멋대로 해라〉

모호한 답변이었다. 내가 답을 찾을 수 없을 것 같아 실마리를 얻으려고 카드를 뽑아본 것인데 결국에는 내 멋대로 하란다. 처음에는 실망스러웠지만, 이 카드가 나온 이유가 있겠지 하면서 멍하니 그 문구를 내려다보니 어쩐지 가슴이 시원해지기도 했다. 묘하게 내 의견을 지지받는 듯한 기분도 들었다. 코팅된 종이 쪼가리였지만, 마치 내가 무슨 결정을 내리건 간에 알아서 해도 좋다고 말하는 것 같았다.

'그래 이거였어.'

그 시기 나는 이직을 준비하고 있었고, 적절한 때를 기다리고 있었다. 쉽게 결정할 일은 아니었기에 고민이 많았었다. 그리고 옮기는 것이 과연 더 나은 판단이 될 것인지에 대한 확신이 없다 보니 더 망설이게 되었다. 괜히 섣부른 선택으로 후회하게 되지 않을까 염려가 되기도 했다. 그러나 아무리 생각해 봐도 이미 내 마음은 새로운 길로 나아가라고 말하고 있었다.

좀 더 확신이 필요했을 뿐, 그러니 네 멋대로 하라는 카드의 말처럼 답은 이미 내 안에 있었다.

나는 학창 시절 학원과 과외도 모자라 학습지를 열심히 풀던 밀레니엄 세대다. 나고 자라날 당시 사교육 열풍이 한참 가속화되던 때였고, 부모가 시킨 대로 열심히 공부해서 좋은 대학에 가는 것만 정답처럼 여겨졌다. 주변 친구들처럼 나도 누군가 답을 내려 주는 데 익숙했다. 뭐든지 부모님이나 선생님이 제시하는 대로 결정하는 일이 많았고, 스스로 결정을 내리는 것에 대해 과한 불안감을 가졌었다. 극심한 경쟁 사회, 우리에게는 실패가 허락되지 않는 분위기가 있었다. 그래서 선불리 무언가를 선택하기가 무서웠고, 결과에 책임지는 것이 겁났던 거였다.

아무 걱정, 고민 없어 보이는 강아지나 고양이가 참 부럽다는 생각을 즐겨 하는 철부지 어른이었다.

20대 후반, 거의 서른이 다 되어서야 용기 내어 인생의 주도권을 되찾아 올 수 있었지만 무진장 서툴고 어색했다. 대개는 혼자서 척척 어려운 결정도 잘 해냈지만, 가끔 정말 헷갈리고 답을 내리기가 어려울 때면 나도 모르게 해답 카드를 찾게 되었다. 우연히 읽은 책의 한 구절, 노래 가사, 영화의 한 장면 또한 결정을 내리는 것에 도움을 주었다.

대학에 떨어지면 인생이 망하는 줄 알았는데, 실기시험에 떨어져 어쩔 수 없이 재수해 보니 그게 아니었듯 막상 지나고 나서 보니 별일 아니었는데 왜 그리 벌벌 떨고 호들갑이었나 모르겠다. 사실 이직하는 것도 인생의 큰 흐름에서 보면 그리 심각한 고민거리는 아닐 수 있겠다 싶었다. 그렇게 즐거운 마음으로 지내다 보면 갑자기 평소 귀에 들어오지도 않던 노래가 팍 꽂히듯 들어와 '아!' 하고 전혀 생각하지 못했던 아이디어가 샘솟았다.

인생을 더 긴 관점에서 보고 목표와 꿈은 크게 가지기로 마음을 먹었다. 그리고 목표와 꿈을 이루어 나가기 위해 중요한 사안은 단번에 답을 내리지 말고 수시로 자주 생각해 보며 더 나은 생각이 있으면 보완해 나갈 예정이다. 대신 대세에 지장 없는 일은 가볍게 흘러가는 대로 즐기기로 했다. 지금의 나로서는 알지 못하는 참신하고 지혜로운 해답을 계속 찾아갈 것이다.

4장

말랑 콩떡
같지만
의외로
강하다고요

분위기를 말랑하게 만드는 거 그거 내 전공인데

"아니 이게 맞죠. 생각을 좀 해봐요." 냉기가 흘러넘치다 못해 입김이 나올 지경이었다. 순식간의 일이었다. 서로 본인 말이 옳다고 주장하고 있었다. 회사 동료끼리 회의 중에 한 시간째 논점에서 벗어나서 유치한 감정싸움을 하고 있었다. 둘이 보이지 않는 기싸움 중이었는데, 서로 팽팽해서 누구 하나 물러설 기미가 보이지 않았다. 몇몇은 입 밖으로 발설하고 있지는 않지만 유치해서 눈 뜨고는 못 봐주겠다는 듯 어깨를 미세하게 으쓱하고는 눈빛을 주고받았다.

"유나 씨. 제 말이 맞아요? 아니에요?"

둘 중 한 명이 나를 휙 돌아보며 질문을 던졌다. 본인들끼리 대화가 도저히 안 통하자 나까지 끌어들인 것이다. 본인 말에 동조해달라고 서로 눈빛으로 무언의 신호를 보낸다고 느껴 못 이기는 척 대답했다. "네. 뭐 어느 정도 일리는 있네요." 썩 만족스러운 답변은 아닌 것 같았지만 그래도 자신의 의견에 동의를 얻었으므로, 그녀는 의기양양하게 자신의 주장을 이어갔다.

그러자 나머지 한 명이 질세라 나에게 비슷한 질문을 하는 것이 아닌가?

'아니 이게 무슨 고래 싸움에 새우등이 터지는 일이냐고.'

나는 앞에서 했던 것과 마찬가지로 그의 말에도 일부 동조를 했다. 그렇게 해야 팀 회의가 빨리 끝날 것 같아서였다. 이왕이면 좋게 마무리해서 넘어가고 싶으니 중립을 지키면서 대충 눈치껏 처신하면 되겠지 싶었기도 했고. 잠깐의 정적 후에 말싸움하던 둘은 뭔가 찝찝한 표정으로 대화를 마무리 지었다. "아 맞다. 내일까지 A업체 기획서 마무리해야 하지 않아요?" "그러네. 어휴 빠듯하겠다." 이때다 싶어서 내가 분위기를 환기하려고 다른 주제로 넌지시 운을 떼니 이때다 싶어서 다른 사람들도 한마디씩 보탰다. 각자 자기 자리로 돌아갔고, 나도 일에 집중할 수 있었다.

"잠깐 나 좀 봐요."

"또 뭐요?"

분위기가 마무리된 것 같았건만 그것은 착각이었다. 그 둘은 다시 2차전을 벌이기 시작했다. 내가 보기에 한 사람은 지나치게 감정적이었고, 나머지 한 사람은 지나치게 이성적이었는데 그들의 싸움은 마치 창과 방패 같았다. 격해진 분위기가 어느 정도 소강상태가 되고 나서, 나는 오지랖을 부려 중재에 나섰다. 누가 시킨 것도 아닌데 나서서 분위기를 부드럽게 만드는데 꽤 에너지를 쏟았다.

나는 양쪽 주장에 대해서 장점 및 단점, 우려되는 부분 등을 조곤조곤 얘기했다. 그 둘도 어느 정도 내 말에 일리가 있었는지, 냉정을 되찾고 좀 더 누그러든 목소리로 발전적인 대화를 이어갔다. 덕분에 우리 팀은 다시 평화를 찾은 것 같은데 나는 너무나 피로해졌고, 그대로 집에 가고 싶었다. 역시 괜히 나섰나 싶었다.

나는 어렸을 때부터 본의 아니게 분위기를 중재하는 역할을 맡게 되었다. 가족끼리의 다툼, 친구들끼리의 다툼이면 다툼, 심지어 상사와 상사끼리의 다툼까지. 갈등 속에 놓이는 것은 평화주의자였던 내게 너무 괴로운 일이었고, 누군가 분위기를 풀어야 한다면 내가 나서서 얼어붙은 분위기를 부드럽게 풀어야지 싶은 마음이 들어서였다. 내가 애쓴 만큼 분위기가 좋아지기도 했지만, 오지랖의 결과가 늘 좋기만 한 건 아니었다. 괜히 나섰다가 갑자기 화살이 나에게 돌아온 적도 있고, 의도한 것과 전혀 다르게 상황이 펼쳐지면서, 결과적으로는 괜히 끼어들었다고 느끼기도 했다.

'내 일이 아니니 신경 끊고 그냥 무조건 모른 척하고 나서지 않아야 하는 걸까?'라고 생각도 여러 번 해봤지만, 오지랖 만렙으로서 그건 너무나 어려운 일이었다. 나서지 말자고 다짐했다가, 나도 모르게 또 나서고 있기를 반복하던 어느 날 드디어 나만의 기준을 정했다. 수십 년을 괜히 나서서 들볶이고를 무한 반복하고 나서야 내 나름의 기준을 정할 수 있었고, 비로소 적당히 나서게 된 것이다.

1. 누군가 목소리를 내지 않으면 도저히 갈등이나 문제 상

황이 끝날 것 같지 않을 때 나서기.

2. 정 오지랖을 부리고 싶으면 한쪽 편을 들지 말고 양쪽의 입장을 모두 헤아려 보려고 노력할 것.

3. 어느 정도 개입을 하는 것이 좋은지 힘 조절에 신경 쓸 것(그래야만 내가 진이 빠지거나 기분 상하게 하지 않는 선에서 적절한 도움을 줄 수 있을 것이므로)

아무도 나서지 않는 데에는 다 이유가 있는 법이었다. 특히 자기들끼리 의미 없이 지지고 볶고 다 할 때까지 내버려두는 게 오히려 나을 때도 있었다. 또 때로는 분위기가 말랑한 것도 좋지만 때로는 살얼음판을 걷는 것과 같은 긴장도 필요하다는 걸 알게 되었다. 갈등을 통해서 오히려 서로 긴장감을 느끼기도 하고, 타협점을 만들어 가면서 더 건설적이고 창의적인 공동의 목표에 다가서기도 하니 말이다.

현재의 나는 여전히 정은 넘치지만, 마음속에 곱게 넣어둔 채 굳이 나서야 할 필요성을 느끼지 못할 때는 나서지 않으면서 삶의 질이 높아지고 있음을 느낀다. 무엇보다 고래 싸움에 새우 등 터질 일이 없어서 좋다.

10분당 천 원

'아 좀 빨리 좀 오지.' 지하철을 기다리며 발을 동동 굴렀지만, 열차는 올 기미가 보이지 않았다. 기다리는 동안 5분 단위로 시계를 봤다. 아직 시간 여유가 충분히 있는 데도 마음이 조급해졌다.

[어디쯤 오고 있어?]

친구에게 문자를 보냈다. 답장이 한참 오지 않았다. '뭐야. 왜 이렇게 답이 안 와. 설마 갑자기 파투 내는 건 아니겠지?' 파워 집순이인 그녀가 감지도 않은 머리를 부스스 털며 침대에서 천천히 일어나 '다음에 보자'는 문자를 보내는 모습이 그려졌다. 이미 여러 번 겪었던 일이라 합리적인 의심이었다. 답장을 기다리는 20분 동안 온갖 상상을 했다. '설마 어디 아픈가……. 그래서 연락을 확인 못 하는 걸까?'

[나 이제 출발. 먼저 들어가서 구경하고 있어~]

[그래. 구경하면서 기다리고 있을게~ 난 또 안 온다는 줄 알았네. 빨리 와 알았지?]

'얘는 왜 이렇게 천하태평이지. 남의 속은 까맣게 타는 줄 모르고.' 한편으로는 안심되면서 짜증도 좀 났지만 나는 진심으로 궁금했다. 그녀가 그렇게 느긋한 이유를 알고 싶었다. 타고난 것일까.

열차가 오는지 다시 확인하며 고개를 옆으로 돌렸다. 열차를 기다리며 계속 시계를 보던 한 남자가 전화를 걸어서 누군가를 다그치고 있었다. 묘하게 그에게 동질감을 느끼며 다른 사람들도 지켜봤다. 힘 풀린 눈으로 허공을 응시하고 있는 아저씨, 잠시도 가만히 있지 못하고 빙글빙글 주변을 돌아다니는 학생, 목을 반복해서 쭉 빼고 열차가 오는지 수시로 보고 있는 여자 등. 각양각색이었다. 여유 있어 보이는 쪽이 확실히 속은 편해 보였다. 시간이 차고 넘치게 여유 있어서 느긋한 것인지 성격 자체가 타고난 것인지 모르겠지만…….

선반에 놓인 인테리어 소품을 살펴보는데 저 멀리서 친구가 미소를 지으며 다가왔다. "지금 30분이나 늦은 주제에 어슬렁대며 걸어와? 뛰어 어서~!" 나는 눈을 부릅뜨며 입 모양으로 욕을 덧붙였다. 짜증이 또 슬슬 올라왔지만 애써 삼켰다. 더는 말하지 않았지만 그런 일이 반복될 때마다 나는 실망했고 은근슬쩍 또 그냥 넘어가려는 해맑은 그 친구가 조금 미워졌다.

느긋하지 않은 나만 자주 속이 터졌다.

불만과 짜증이 속으로 차곡차곡 쌓여갔다. 그렇게 평소에는 애써 참고 억누르다가 마음에 여유가 없거나 힘든 상황이 오면 엉뚱한 순간에 나도 모르게 짜증이나 화를 내버렸다. 가까울수록 소중히 대하라는 말과는 정확히 반대되는 행동이었다. 애써 쌓은 좋은 관계가 한순간에 와르르 무너졌다. '헉. 무서워 너한테 그런 모습이 있을 줄이야.' 라거나 '별일 아닌데 왜 그렇게 감정적이야?'라는 반응이 돌아왔다. 그녀의 사과를 받아도 쉽게 기분이 풀어지지 않았다.

그 후로 쌓아두지 않고 불편한 마음이 생길 때 미루지 않고 표현해 보기도 했다. 그러나 사람은 원래 쉽게 바뀌지 않는다. '내 말이 말 같지 않은 걸까? 도대체 나를 어떻게 보고. 이렇게 막 대하나.' 화가 나고 속상하기도 했다. 이성적이기보다는 감정적으로 되었다. 그러나 이성을 잃을수록 내가 불리했다. 옆으로 봐도 뒤로 봐도 앞 구르기를 하고 봐도 그랬다.

상습적으로 기다리게 하는 것도 그렇고, 여전히 이해가 안 가는 부분이 좀 있긴 했지만, 그 친구는 다정하게 먼저 안부를 묻거나, 내가 힘들거나 고민이 있을 때 내 이야기를 다정하게 잘 들어주기도 했다. 내가 조금 더 많이 참고 이해해야 하는 관계도 있긴 하겠지만, 대부분 너도나도 서로 마음에 안 들고 부족한 면은 있다. 나도 반복해서 누군가의 신경을 긁는 부분이 있을 것이고, 나를 많이 참아줬을 수 있다. 그렇게 생각해 보니 실망할 일이 줄어들고 고마움은 늘었다.

그 친구를 포함한 가까운 관계인 모두에게 나도 모르게 나랑 같은 생각과 마음이기를 기대했다는 것도 알게 되었다. 그래서 가까운 사이일수록 남처럼 생각하려고 신경 쓰기로 했다. '나는 저 사람을 모른다. 나도 나를 모른다. 그러니 일부분을 가지고 쉽게 실망하거나 기분 상해하지 말자.' 가까운 사이도 먼 사이도 뜨거운 난로를 대하듯 조심스럽게 대해 갔다.

나도 모르게 내 기준으로 상대방을 바라보던 것들을 줄여 가다 보니 답답하거나 상처받거나 실망하거나 마음에 담아 둘 일이 줄어들고 마음이 편안하고 느긋해졌다. 그렇게 하다 보니 나름 한결같이 여유롭고 따뜻한 모습을 보여줄 수 있게 되었다.

오늘도 늦을 예정이라는 친구의 문자를 본다. 다른 의미로 참 한결같다. 미안해할 줄도 모르고 뻔뻔해도 변함없이 나를 아껴주는 귀여운 친구다.

[10분당 천 원임]

불만은 쌓아두지 않고 슬쩍 부드러운 유머로 표현하고 있다. 서로 쉽게 용서해 줄 수 있는 나만의 적합한 조언이다. 바쁜 현대 사회에서 시간을 내서 나와 함께하려는 친구의 존재가 소중하고 고맙다. 친구와 함께 어떻게 하면 더 재밌게 보낼 수 있을지 기분 좋은 상상을 하며 지하철을 느긋하게 기다린다.

둔감해지니 살맛나는 인생 – 예민함을 감추는 방법

'유나 씨, 미안한데 내가 보기엔 재능이 없는 것 같아. 노력파는 타고난 사람을 이길 수 없어.'

그녀는 한쪽 입꼬리를 비틀어 웃어 보이며 말했다. 망치에 얻어맞은 듯 머리가 멍해지고 명치가 얼얼했다. 그 말이 계속 맴돌아서 견딜 수가 없었다. 그 말을 잊어보려고 나는 나의 서랍을 뒤집어 정리하고 정리했다. 선반에 꽂혔던 들쭉날쭉한 책들도 다 뽑아내서 가지런히 줄을 맞춰 꽂았다.

조금이라도 집안의 물건이 흐트러진 것을 가만 지켜볼 수가 없었다. 그래픽 디자이너로 지내면서 나의 예민함은 한껏

상승했다. 이미지와 글 사이의 간격은 1mm의 오차도 허용하지 않아야 했다. 섬세함이 필요했던 것인데 쓸데없이 예민함까지 상승해 버렸다. 어느 순간부터 업무 스트레스 외에 여러 인간관계에서 받는 스트레스로 인해 마음이 매우 어지러운 상태가 될 때마다 나는 청소와 정돈을 잘하는 수준을 넘어서서 컨디션에 무리가 될 정도로 그것에 집중하게 되었다.

다른 가족들의 방이며 거실 구석구석 치우고 다녔고, 새벽까지 치우고 정리하는 날이 늘어갔다. 그렇게 하지 않으면 불안해졌다. 그렇게 하고 나면 나는 배터리가 방전된 핸드폰처럼 침대에 뻗어 잠들곤 했다. 그렇게 종일 설쳤는데도 방전되지 않아 밤을 지새우다시피 한 날도 많았다. 손가락 하나 까딱할 힘은 없는데 눈은 말똥말똥했다. 나는 가만히 누워서 생각했다.

이쯤이면 직업병이 아니라 마음의 병인 것 같다고.

내일 출근하면 숨 막히는 하루가 또 시작될 것이다. 양을 세보다가 100마리가 넘어서 포기한다. 창밖으로 새벽하늘이 보일락 말락 할 때쯤 잠시 눈을 붙인다. 한 시간은 잤을까? 야속하게 출근 시간을 알리는 핸드폰을 집어 들면서 나도 불필요한 용량은 지우고 충전할 수 있었으면 좋겠다고 생각했다. 숨 막혔던 회사 생활을 잠시 내려놓고 쉬는 동안에도 과도한 집안일은 계속되었다. 몇 달 동안 비워낸 물건만 이삿짐센터 2톤 트럭 분량이 넘기도 했다.

빨래도 하고 요리도 했다. 또띠아로 만든 피자부터 각종 채소를 듬뿍 썰어 넣어서 녹을 때까지 뭉근하게 끓여낸 일본식 카레, 장아찌 담그기 등. 그렇게 집안일에 몰입하는 동안은 뿌듯하기도 했고, 주변이 말끔하게 정리되고 비우고 버릴수록 부정적인 생각도 같이 줄어들었다.

요리를 하는 것도 가족들이 맛있게 먹어주는 것도 좋았다. 피골이 상접했고, 피곤해 죽을 것 같았지만, 아무것도 하고 있지 않을 때는 불안했기에 끊임없이 무언가를 계속했다. 오죽하면 목을 다쳐서 움직임이 불편했던 시기에도, 움직일 수 있는 쪽으로 사부작댔던 나였다.

나에게 간간이 여름 방학을 주기로 한 이후로, 삶에 재충전이 필요할 때 미루지 않고 그것을 실천하면서부터 비로소 나는 차분해질 수 있었다. 거슬리고 당장 치우고 싶은 마음에 몸이 근질근질할 때도 많았으나 꾹 참았다. '이제 집안일은 그만하면 충분해. 몸을 쉬게 하고 그 후엔 내 마음부터 돌보자.' 사람들과 부대끼며 살아가다 보면 원하지 않아도 부정적인 말을 듣게 되거나 예상치 못한 일이 벌어진다. 그럴 때마다 날 선 마음을 다잡기 위해서 계속 청소나 할 수는 없지 않은가. 그러려면 외부적 환경 정리에만 집중할 게 아니라 감정 정리도 열심히 해야 했다.

나는 자존심은 세고 자존감이 낮았었고, 남의 말이나 평가에 매우 민감했으며 쉽게 감정이 동요되었다. 우선 날이 덜 서도록 외부의 자극으로부터 둔감해질 필요가 있었다. 그러기 위해서 부정적인 말을 들을 때에는 명확하게 나의 의견과 상대방의 의견을 구분했다. 그런 후 그 사람과 나의 감정이 섞이지 않은 사실과 의견을 구분했는데, 꼬아서 듣지 않게 주의했다. 그렇게 구분하고 나면 감정이 크게 소용돌이치는 일이 적어졌다. 무조건 마음에 담아두지 말고 한쪽 귀로 듣고 한쪽 귀로 흘리라는 조언은 나에게는 크게 도움이 되지 않았다.

건설적인 조언은 겸허하게 받아들였고, '넌 왜 이렇게 말하는 속도가 느리냐?'와 같은 다분히 주관적인 비난을 받을 때는 의연해지자고 생각했다. '그래. 부처님이나 예수님도 안티팬이 많았다는데 뭐. 그만큼 나한테 쏟을 에너지랑 관심이 많은가 보다.' 마음을 먹고 들으면 그러려니 해졌다. 남은 남일뿐 남의 의견에 내가 억지로 맞추거나 흔들리는 등 소중한 나를 상하게 할 필요는 없었다. 계속되는 무차별적 공격에 대해서도 여유 있게 웃으면서 "아. 저에게 관심(애정)이 있어서 그러신 거 같은데 감사합니다. 조언 감사합니다. 참고하겠습니다." 하고 단호하고 분명하게 의사를 전달했다. 상대를 치켜세워주는 듯 나의 의사를 보여주는 것이다. 그러면 상대방도 전투 의지가 꺾였다.

종종 눈치 없이 칭찬으로 알고 "그래? 역시 내 말이 도움이 되지? 내가 유나 씨한테 관심이 많아."라는 어이없는 반응이 돌아올 때도 있었지만 그럴 때 역시 "네. (눈치 없는 사람이네)" 라고 짧게 대답하거나 아니면 그냥 '영혼 없는 사무적인 미소 한 번' 날려줬다. 간혹 나의 무미건조하고 사무적인 반응에 길길이 날뛰는 사람들도 있었다. 예전에는 나도 모르게 발끈하거나 상대방의 말에 구구절절 해명하기에 바빴는데, 지금은 '어쩌라고요. 그럴 시간 있으면 집에 가서 발이나 닦고 자세요.'란 생각과 함께 공격의 불씨를 아예 꺼버리는 쪽을 선택한다.

이제 나는 어지간한 외부 사건에 예민하게 반응하지 않는다. 마음이 복잡할 때는 과도하게 집을 치우기보다는 적당히 치우고 내 마음 돌보기에 집중하려고 하고 있다. 때로는 너무 바빠서 치울 시간이 부족할 때는 방이 너저분해서 스트레스가 된다. 그렇더라도 청소보다 충분한 휴식을 취한다. 가끔 남아있던 완벽주의 성향이 도져서 강박 증세가 스멀스멀 몰려올 기미가 보일 때면 나에게 말해준다.

'인간은 원래 완벽한 존재가 아니야. 나는 신이 아니야. 사람이야. 핸드폰은 더더욱 아니고…….'

나는 지금 나의 마음도 지내는 공간도 지나치게 깨끗하지도 너저분하지도 않게 유지하며 살아가고 있다. 그리고 앞으로도 치워야 할 공간이 아닌 살맛나는 공간으로 가꿔갈 것이다.

그 블라우스는 잘못이 없었다

가끔은 그런 날이 있다. 눈 뜨는 순간부터 꼬이기 시작하는 날.

막 나가려던 찰나 프릴이 달린 흰 블라우스에 엎은 커피 얼룩이 순식간에 갈색으로 끝자락을 물들였다. 나는 그대로 얼어붙었다. 그러다 얼른 정신을 차렸다. 다른 옷으로 바꿔 입을 시간은 없어서 그대로 집 밖을 나섰다. 버스는 왜 이렇게 막히는지 바짝바짝 말라가는 입술에 침을 발라본다. 한 번 당황하기 시작하자 머리가 하얘지면서 가뜩이나 긴장되었던 마음이 더 긴장되었다. 도착하자마자 화장실로 달려가 부분

빨래를 해본다. 더 번진다. 문지르면 문지를수록 더욱 선명해지는 얼룩에 나도 모르게 깊은 탄식이 터져 나왔다.

'하…….'

그나마 다행인 건 자세만 잘 잡으면 카디건에 가려서 블라우스의 얼룩이 부각되어 보이지는 않았다. 그래도 신경이 자꾸 쓰이는 건 어쩔 수 없었다. 커피 자국이 보일까 동작이 조심스러워지고 위축이 되면서 거기에 온 집중이 쏠렸다. 면접관이 하는 말이 귀에 잘 들어오지 않았다.

'귀하와 인연이 되지 못해 아쉽습니다. 다음에 인연이 닿는다면 또 뵙겠습니다. 지원해 주셔서 감사합니다.'

집에 돌아와서 문자를 확인하며 축 늘어진 어깨 위로 걸쳐져 있던 블라우스를 바닥에 집어던졌다. 예전에도 그 블라우스를 입은 날 좋지 않은 일이 있었던 것이 떠올랐다. '다른 옷을 입고 갔으면 커피를 쏟는 일도 없지 않았을까?' '저 옷만 입으면 뭔가 안 좋은 일이 생기는 것 같아.' '괜히 저 블라우스를 입고 가서 면접을 망쳤잖아.'

그날 이후 블라우스는 옷장에서 조용히 방치되기 시작했다. '아니지 내가 너무 예민했나. 괜히 기분 탓으로 이 옷을 안 입을 이유는 없지.'라고 가끔 손을 뻗었다가도 금세 다시 손을 거두게 되었다. 괜히 찝찝했으니까. 그런 식으로 괜히 미워하게 된 것들이 그 블라우스 하나만은 아니었다.

'너는 이 블라우스가 안 어울려.'

옛 남자 친구의 목소리가 귓가에 맴돌았고 면접도 떨어지지 않았는가. 그 블라우스를 다시 입기 힘든데 어쩌란 말인가.

시간이 꽤 흐른 뒤에야 소심하고 예민한 내가 상황을 내 멋대로 보고 해석하고 바라보는 것에 물들어 있다는 것을 알게 되었다. 애꿎은 블라우스는 죄가 없었다. 우연히 마음 아픈 사건(?)에 휘말린 것일 뿐. 블라우스 입장에서는 억울해서 옷장 안에서 나를 원망하고 있었을지도 모르겠다. 블라우스의 누명을 풀어주기 위해서 사건을 재조명해 봤다.

'만일 내일 아침 면접 날과 같은 상황이 나에게 똑같은 일이 벌어진다면 어떻게 바라볼까?'

면접 당일 아침으로 돌아가서 커피를 쏟은 순간부터 생생하게 그려보았다.

'이런 커피가 쏟아졌네. 다른 옷을 갈아입을 시간이 없어서 당황스러워.'

'그래도 어쩔 수 없지. 일단 면접 장소에 가서 해결해 보자.'

여전히 커피가 쏟아진 얼룩이 지워지지 않을 수도 있고 그로 인해서 면접 내내 깔끔한 첫인상을 보일 수 없어서 신경이 쓰일지도 모른다. 하지만 이왕 엎질러진 건 어쩔 수 없고, 면접에 임하는 나의 태도는 바꿀 수 있지 않았을까? 면접 내내 커피 자국이 보이면 어쩌나 걱정하기보다는 솔직하게 사정을 밝히고 나의 가능성과 진정성을 보여주었다면 그렇게까지 후회로 남지 않았을 것이다.

'막상 비슷한 상황에 닥치면 또 어떻게 대응하게 될지 모르겠지만…….'

억울한 블라우스를 내가 만든 징크스로부터 구제해 주자며 깊숙이 옷장 속에 손을 집어넣어 블라우스를 다시 꺼냈다. 나는 분명히 예뻐서 그 블라우스를 샀었다. 그리고 아끼던 옷이었다.

'너는 그 옷이 참 잘 어울려.' 친구에게 칭찬받았던 기억도 떠올랐다. 그렇게 반짝이는 순간들을 다시 소환했다. 블라우스와 화해하고 나니 무턱대고 싫어했던 다른 것들도 다시 보였다.

'누군가와 심하게 다툰 날 방문했던 맛집. 그 집만큼 맛있는 카레는 먹어 본 적이 없었는데.'

그렇게 멀리하고 미워하던 것들과 다시 친해지며 예전에는 미처 몰랐던 부분까지 보였다. 작은 부분에 꽂혀서 멋대로 판단을 내렸던 것들이 왜 이리 많던지. 미안한 마음에 미워했던 시간만큼 더 아껴주게 되었다.

"여기 새우튀김 카레덮밥 하나요."

입 안 가득 새우튀김을 베어 물자 튀김옷에 촉촉하게 스며들어 있던 진한 카레 향이 미소를 불렀다. 한 그릇 만 원이었는데 천 원 오른 것 빼고는 예전과 변하지 않은 맛이었다. 한 입 맛보는 순간 가슴 아린 이별 장면이 생생하게 떠올랐지만 대수롭지 않게 넘겼다. 그와의 추억은 이제 만 천 원 하는 카레보다 중요하지 않았다.

"이렇게 맛있는 것을 그동안 못 누리고 살았다니 손해가 막심하군."

그 카레집은 내 단골집 중 하나가 되었다. 그리고 얼마 지나지 않아 나는 커피 사건 당시 입었던 흰 블라우스를 입고서 다른 회사에 당당히 면접을 보았고, 붙었다.

여우 같은 곰보다는 곰 같은 여우

"저 친구는 자기 실속을 잘 차리네. 여러 가지로 똑 부러지고 야무지다니까."

여우같이 자기에게 이득이 될 것 같은 일에는 적극적으로 참여하면서 본인이 뭔가 조금이라도 손해를 볼 것 같거나 별로 소득이 없어 보이는 일에는 칼같이 선을 긋는 직장 선배를 칭찬하는 부장님이었다. 그 모습을 보며 여우같이 살고 있지 못한 내가 순간 바보같이 느껴지고 위축되었다. 이제부터 나도 그 선배처럼 실속을 차려야 하는 건가, 헷갈리기 시작했다. 그 선배가 얄밉다며 욕하는 사람들도 있었지만 그래도 자기 몫을 못 챙기는 것보다는 차라리 저게 낫다고 했다.

'여우 같다고 흉을 보면서 여우 같기를 바라는 건 또 뭐지.'

나는 여우보다는 곰같이 살았다. 약삭빠른 것과는 거리가 멀었고 콩 한 쪽도 나눠 먹는 것이 마음이 편했다. 서로 감정 상하느니 차라리 내가 손해를 좀 보고 말지 했다. '꼬리를 살살 치는 게 불여우 같다', '백 년 묵은 구미호가 따로 없다'처럼 여우 같다는 말은 칭찬보다는 깎아내리는 표현으로 쓰이는 걸 더 많이 봐서 그런지 여우 같다는 것은 칭찬이 아닌 욕 같이 느껴졌다.

자기 잘난 맛에 살던 그 남자와 연애할 때도 그랬다. '곰보다는 여우지.' 여자들에게는 찬바람이 쌩한 통명함을 보이면서 견제하고 살살 눈웃음을 치며 남자들에게만 계산된 친절함을 보이던 A양을 칭찬하며 말했다. 이번에도 나는 깊은 고민에 빠졌다. '너는 연애하기보다 결혼하기 좋은 사람이지.' 그는 내가 너무 반듯해서 만날수록 재미가 없다고 했다. 뭔가 자존감이 낮아지는 기분을 느꼈다. '이런 소리를 듣고도 곰처럼 참아주고 버티고 있는 나에게 확실히 문제가 있는 건가?' 평소에 가지고 있던 고충을 털어놓자 친구들은 절레절레 고개를 저으면서 나를 바라봤다. “그냥 좋은 게 좋은 거니까 내가 한 번 눈감아 주지 뭐.” 웃으며 그렇게 말했지만 한 편으로는 속이 무지하게 쓰렸다. 착하게 둥글게 살아가는 것이 좋았다. 상대방이 계산적으로 행동하는 것을 알면서도 속아 넘어가 주는 일이 많았다. 마음을 넓게 쓰는 게 좋은 거로 생각하기도 했지만, 한편으로는 상대방의 이기적인 면, 계산적인 면이 신경 쓰였다. ‘그래. 곰이 뭐 어때서. 걔가 약은 거야. 그래도 마음이 넓은 내가 참고 이해해야지. 잘했어.’ 애써 괜찮은 척했지만 나는 사실 상처받았었다. 곰처럼 굴었던 지난날에 회의가 들었다. 여우같이 굴어야 사람들이 좋아하니 나도 여우같이 행동해야겠다고 생각했다. 그러나 곰같이 살아온 세월이 수십 년. 마음을 먹는다고 해서 쉽게 여우처럼 될 리가 없었다.

곰같이 살았던 나는 착한 게 아니라 미련하고 어리석었다. 관계를 망치게 될까 괜찮다고 애써 외면하면서 상대방의 잘못을 모른 척하고 나에게 해를 가하는 것까지 눈감아 주고 허락했다.

상대방 귀한 줄은 알면서 내가 귀한 줄은 몰랐던 거다. 친구들이 미련 곰탱이라고 한 것이 틀린 말이 아니었다. 융통성이 부족하기도 했다. 그러나 곰처럼 우직하고 한결같은 마음 씀씀이를 가지고 그를 대하고자 한 것은 잘한 일이라고 칭찬해 주기로 했다. 곰과 여우 사이에서 왔다 갔다 하며 한참을 헤맸다. 정답을 쉽게 찾을 수 없었다.

한동안 여우 같은 사람과 곰 같은 사람들을 관찰했다. 사람들의 미움을 사는 여우는 자기밖에 모르고 이리저리 잔머리만 굴린다면, 사랑받는 여우는 자신을 아끼고 매력을 드러낼 줄 알았다. 재빠르게 본인의 이익을 잘 챙기면서도 다른 사람도 실속을 차릴 수 있게 기지와 센스를 발휘했다. 사람들의 미움을 사는 곰은 맹하고 굼뜨고 답답하지만, 사랑받는 곰은 곰돌이 푸처럼 웃는 얼굴로 사람들을 대하며 마음을 솜사탕처럼 녹였다. 작은 것에 쉽게 감동하고 행복을 느꼈다. 어릴 적 인형을 안고 자는 것처럼 안정감을 주었다.

〈여우 같은 곰 vs 곰 같은 여우 둘 중 무엇을 고르시겠습니까?〉

월간지 심심풀이 코너에 실린 질문을 들여다보며 진지하게 고민했다. 오랫동안 고민하며 답을 찾아왔던 질문이었기에 답을 고르는데 그리 긴 시간이 걸리지는 않았다. 둘 중에 굳이 하나를 고르라면 나는 여우 같은 곰보다는 곰 같은 여우로 살겠다. 약삭빠르고 실속을 잘 챙기는 여우인 줄 알았는데, 알고 보니 아둔해서 자신도 남도 보호할 수 없는 곰이 되고 싶지는 않다.

하지만 굳이 밸런스 게임처럼 반드시 위의 조건 중에서 고르지 않아도 되니 나는 둘 다 선택하지 않겠다. 다채로운 모습을 동시에 가질 수도 있지 않은가. 나는 기왕이면 똑 부러지고 야무지게 살아가는 지혜로운 여우가 되고 싶다. 또 한편으로는 남의 허물을 보는 대신, 곰처럼 푸근하고 넓은 마음으로 듬직하게 사람들을 안아줄 수 있었으면 좋겠다.

저 사람은 나랑 상극이야 – 걸바속촉인 당신

'취급 주의. 나를 건드리지 마시오.'

이마에 경고문을 써서 붙인 것처럼 보이는 이모님이 내 테이블 위로 반찬을 거칠게 내려놓았다. 쭉 한결같이 까칠하셨던 것인지 아니면 원래는 안 그랬는데 세파에 시달려 그렇게 변한 것인지는 모르겠지만, 뭔가 잘못 건드리면 물어버릴 것 같았다.

'장사하시는 분이 이렇게 불친절하다니.'

살짝 기분이 언짢아지려는 것을 누르고 다시 식사에 집중했다. 이모님이 자꾸만 신경 쓰였다.

'내가 안 비싼 메뉴를 시켜서 그런가? 왜 저렇게 냉기를 뿜어내는 거지. 집에 무슨 일이 있나.' 등등 온갖 추측과 상상을 하면서 말이다. 그때 다른 손님들이 연이어 들어왔다. 어떻게 응대하는지 흘낏 쳐다보니 나한테만 불친절하신 것은 아닌 듯했다. 안심되면서 좀 더 편안해진 상태에서 식사를 이어갔다. 응대는 별로였지만 맛은 참 좋았다. 다시는 안 와야겠다고 생각했는데 그러기엔 아쉬울 정도로 가성비가 좋았다.

음식도 신선했고 반찬도 고급스럽고 정갈하게 나와서 어쩐지 다음번에도 생각이 날 것 같았다.

"맛있게 잘 먹었습니다."

밝은 목소리로 인사하며 계산하면서 그분의 얼굴을 보니 나의 인사가 싫지 않은 표정이었다.

온갖 손님을 상대하느라 또는 삶의 무게에 지쳐 본인도 모르는 사이에 성격이 변했는지도 모른다. 나는 그 이후에도 그 식당을 여러 번 방문했고 그때마다 미소 띤 얼굴로 예의를 다했다. 그래서였을까 어느 날은 "회덮밥 하나 맞으시죠?" 하고 내가 즐겨 먹는 메뉴를 되물으시는 것이 아닌가. "네." 나는 티 내지는 않았지만 조금 놀랐다. '나를 기억하고 있었구나.'

그 후로 나를 기억하는 것은 물론이고 은근히 세심하게 나의 테이블을 살피고 반찬이 모자라면 더 가져다줄지 물어보는 등 처음 봤을 때보다 더 잘 챙겨 주곤 했다. 원래 나는 매우 예민한 사람이라서 상대의 표정이나 분위기의 영향을 많이 받았었다. '저 사람 지금 기분이 좋은데?' 싶을 때는 나도 덩달아 마음이 편해졌다. 반대로 겉모습이 차갑거나 거친 유형을 보면 지레 겁먹고 눈치를 봤다. 그리고 가능하면 얽히지 않으려고 피해 다녔다.

그러다가 식당 이모님처럼 알고 보니 '겉은 바삭하고 속은 촉촉한' 진국인 캐릭터를 몇 번 만나고 나서부터는 사람을 보는 기준이 바뀌었다. 말투, 태도와 관계없이 전하고자 하는 마음을 읽어보려고 했다. 다가가기 어려워 보이는 사람들, 나랑 전혀 맞지 않다고 생각했던 사람들과도 내가 좀 더 밝고 넉넉한 모습으로 다가가면 의외의 성과를 얻기도 했다.

본인이 내키지 않으면 곁을 잘 내어 주지 않고 벽을 세워서 쉽게 친해지기 어려운 친구와도 이루고자 하는 목적이나 뜻이 같다면 기꺼이 어울리려고 했다. 의견이 매번 부딪혀서 지지리 서로 안 맞는다고 생각했던 사람에게도 반드시 배울

점이 있었다. 나에게 부족했던 퍼즐 조각을 그들에게 얻게 될 때면 자연스레 감사하는 마음도 생겨났다. 인간관계도 더 편해졌다.

'나랑 완전 상극이야.'라고 생각했던 부모님과의 관계도 원만해졌다. 늘 내가 더 살갑게 굴었고 부모님은 무뚝뚝하거나 무심한 표현으로 돌려주셨다. 우리는 자주 부딪혔다. 그렇지만 속으로는 나를 무척이나 사랑하시는 것을 알고, 나 역시도 두 분에게 받은 상처에 비해 감사와 사랑이 압도적으로 컸다.

겉바속촉 유형이 겉으로 보기에는 촉촉해 보이는데 속 안이 오히려 바삭바삭한 유형보다 오히려 좋았다. 겉보다 중요한 것은 속 안이고, 겉은 멀쩡해 보였는데 안에는 시커멓게 타 있었다거나 아니면 덜 익힌 요리를 먹었을 때 느끼는 배신감이 더 큰 법이니까.

마라 맛 조언은 넣어두세요

말이 비수가 되어 날아들면 그 어떤 공격보다 아프다. 심장을 도려내는 정도로 가슴이 아프기도 하고 밥도 안 넘어가고 잠도 잘 안 올 수 있다. 나는 내가 말로 죽을 수도 있겠다 싶을 만큼 힘들었다. 맵기 조절에 실패했는지 말을 돌려서 하지 못하고 "뭐 이렇게 쓸데없는 일을 했어? 시간이 남아돌아?" 팩트폭행 또는 뼈 때리기를 시전 하는 사람을 만나면 나는 나에게 또 무슨 말을 날릴지 지레 겁부터 났다. 유리 멘탈이라서 누군가의 말에 쉽게 무너졌다. 상대는 별 뜻 없이 한 말인데 그(그녀)의 핵불닭볶음면, 마라 맛 조언에 머리가 어질

어질했다.

'마라탕은 맛있기라도 하지 아무 도움도 되지 않고 치명적인 상처까지 줄 수 있는 조언은 왜 하는 것일까?' 상대방이 도무지 이해가 가지 않았다. 그런 말을 내뱉은 것이 화도 나고 원망스럽기도 했다. 듣기 전으로 시간을 돌릴 수만 있다면. 내가 덜 고통스러울 텐데. 굳이 왜 그런 말을 해서……. 상대방을 이해해 보려고도 했지만 그럴수록 더 이해가 안 되었다. 좋지 않은 감정이 이미 들어간 상태로 시도했기 때문이었을 것이다.

나는 억양, 말투부터 그 말을 내뱉던 사람의 표정 같은 것들을 쓸데없이 잘 기억했고, 기억의 테이프가 늘어날 때까지 재생을 반복하곤 했다. 밥도 먹는 둥 마는 둥 했고 잠도 설쳤다. 당연히 다크서클이 짙어졌고 살도 찔 수가 없었다. 테이프를 멈추고 싶은데 멈출 수도 없었고 멈추는 방법도 몰랐다. 그러다 불현듯 감정관리에 관한 책에 나왔던 방법이 생각나 실천해 보기로 했다.

상대가 아니라 나에게 초점을 돌려 내가 느꼈던 감정이나 생각을 종이에 적어 보고 따져 보기로 했는데, 적어본 것들을 살펴보며 깊이 생각하다 보면 그 이유를 발견할 가능성이 커졌다. 그날도 그런 식으로 해서 이유를 찾았는데, 그가 나를 인정해 주기를 바라는 기대. 그 기대가 무너져서 나는 그렇게 기분이 불쾌했던 거였다. '내가 인정받고 싶었는데 기대가 어긋나서 화가 났구나.' 나의 욕구와 결핍을 이해하고 인정하고 나니 감정이 어느 정도 누그러들었다.

상대방에게 채워지지 못한 욕구와 기대는 내가 스스로 채워줘야 했다. 열심히 하고 잘한 부분은 칭찬하고 인정해 주었다. '그래 나는 최선을 다했어. 상대가 부정적인 의견을 냈다고 해도 그건 그 사람의 의견일 뿐이야.'

다음으로는 그가 나에게 한 말이 진짜 나에게 도움이 되는 조언인지 아니면 감정에 치우쳐서 내뱉는 말인지를 구분했다. 만약 전자에 해당한다면 나는 기꺼이 경청했다. 후자의 경우에는 크게 타격감을 받지 않았고 쉽게 흘려버릴 수 있었다.

내가 살아온 환경, 경험 그리고 가치관 등을 재점검해 보고 상대방의 상황이나 배경도 분석해 보면서 점점 내면이 건강해졌다. 나와 감정을 분리해서 이성적으로 타인을 보는 훈련을 거듭하면서 상대가 무슨 말을 해도 감정에 휘말리지 않고 볼 수 있는 눈이 생겼고 오히려 마라 맛 조언을 즐기게 되었다. 단, 나에게 도움이 되는 말이라는 전제하에 말이다.

부당한 말이나 지나친 폭언에 대해서는 단호하게 대응하는 시도를 해보니, 생각과는 다르게 잘 되지는 않았지만, 여러 번 반복하면서 점점 익숙해지고 자신감도 붙었다. 상대방의 눈을 정면으로 바라보고 "무슨 말씀이신지는 알겠으나 방금 그 말은 지나치신 것 같습니다."라고 말이다. 그래도 계속 반복한다면 관계를 끊었다. 연장자라거나 일로 얽힌 관계는 대하기가 어려웠지만 나를 해치게 두기보다는 내가 떠나는 것을 택했다. 절이 싫으면 중이 떠나야지 하면서 말이다.

대신 말의 무게를 알고 가려서 하는 개념 있는 사람들로 주변을 채워나가기 시작했다. 무턱대고 독설이나 모진 말을 하는 사람들이 적어지니 상처받을 일이 적어졌다. 나를 소중히 대해주는 친구들과 만나면서 나는 다친 마음을 어느 정도 회복할 수 있었다.

말을 칼처럼 휘두르고 다니는 사람들을 보며 다짐한다.

나는 상대방이 원하지 않는다면 마라 맛 조언은 넣어 두어야겠다고.

마음의 맷집

"지안, 편안함에 이르렀나?"

"네."

드라마 〈나의 아저씨〉의 마지막 대사다. 무겁고 어두운 이야기였음에도 많은 이들이 인생 드라마로 손꼽았다. 평온을 갈망하는 사람들이 그렇게 많았다니. 다들 별일 없이 '편안'하길 바라며 각자의 고충 속에 힘겹게 살아가고 있었나 보다. 하긴 오죽하면 제일 흔한 안부 인사가 "편안한 하루 되세요."겠는가.

그녀만큼 삶이 빈곤하고 팍팍하진 않았지만 나도 살아온

나이에 비해 인생에 굴곡이 컸다. 오랫동안 편안함에 이르기를 간절히 바랐다. 개인사나 속사정을 모르는 사람들은 나에게 '온실 속 화초처럼 자란 것 같다'고 했다. 그 말을 들을 때마다 쓴웃음을 지었다. 각자가 느끼는 아픔은 저마다 다른 것이고 사람들은 겉으로 드러나는 일부만 보고 판단한다고는 하지만……. '꽃다운 나이에 몸이 움직이지 않아 몇 년간 누워서 벽지만 지겹게 바라봤다는 것을 이 사람은 알긴 알까?'

아무튼 나는 잔잔한 일상을 꿈꾸며 심리적 안정감을 가지기를 원했다. 왜 이렇게 세상에는 복잡하고 속 시끄러운 일들이 넘쳐나는 것일까? 어째서 이렇게 불확실하고 모호한 일들이 계속 발생하는 걸까? 가끔은 다 손 놓고 속세를 떠나고 싶기도 했다. 답답함 속에 자기 계발서를 읽다 보니 '크게 흔들리지 않는 침대' 같은 리더들이 눈에 들어왔다. 그들의 탁월함을 내 것으로 만들고 싶어졌다. 나도 그렇게 역경 속에서도 눈 하나 깜짝하지 않으며 해야 할 일들을 척척 잘 해내고 싶었다.

남다른 '평정심'을 갖춘 비결이 과연 무엇일지 살펴보니 뚜렷한 공통점이 있었다. 그들은 흔들림 속에 자신을 과감하게 던졌다. 원하는 것을 얻기 위해서 끊임없이 심리적 안정감을 느끼는 영역을 벗어나 행동했다. 그 과정에서 흔들리며 성장해 갔다. 돌이켜 보면 좋든 싫든 삶은 앞으로 나아갔다. 끊임없이 사건과 변화 속에 놓이게 되었다. 인생이 계획대로만 돌아가지도 않았다. 고난과 역경은 피하려고 해도 피할 수도 없는 것인데 나는 왜 그렇게 앞날을 걱정하고 편안하기만을 바라며 두려워하며 살았을까.

매도 맞을수록 맷집이 커지듯 마음도 마찬가지였다. 이왕 맞을 거면 나를 단련시키지 뭐 하면서. 때로는 거세게 혹은 슬며시 부딪혀가며 어려움을 극복했고, 횟수가 반복될수록 정신력은 강해졌다. 마음이 이리저리 흔들리고 불안한 건 당연하다며 내 마음을 있는 그대로 인정했다.

그저 흔들리기도 하면서 꾸준히, 묵묵하게 나의 내면을 다지며 여러 상황 속에서 역량을 키워가다 보니 예전 같았으면 지레 겁먹고 포기했을 법한 일도 쉽게 도전하는 것이 가능해졌다.

나는 원래 체력이 약해서 집에서 먼 직장은 절대로 다니지 않기로 마음먹고 멀면 무조건 패스했다. 코앞에 있는 회사를 찾거나 아니면 직장 근처로 이사를 감행했었다. 대놓고 일이 많고 힘들 것 같은 곳은 나를 성장시켜 줄 것 같아도 피했다. 편안하게 할 수 있는 만큼만 할 수 있는 곳을 찾아 헤맸는데 늘 실패했다. 그런 곳은 없었다. 당연한 거였다.

꽤 많은 정거장을 가야 했고, 갈아타야 하는 곳. 그 밖에도 전에는 걸림돌로 여겨서 돌아섰을 것 같은 회사에 다니기로 했다. 편안함과는 거리가 아주 멀었지만 그렇게 마음을 먹은 이유가 있었다. 나와 많이 다른 성향의 사람들과 어울려 일하면서 포용력과 같은 내적인 성장을 이룰 수 있을 것 같았다. 또 새로운 영역의 업무를 하며 외적으로도 성장할 수 있음이 확실해 보여서였다.

다니는 동안 하루라도 조용히 넘어가는 날이 없었다. 돌발 상황도 끊이지 않았다. 그러나 예상한 난처한 일이 닥쳐와도 '그래. 매도 먼저 맞는 게 낫지.'라며 비가 되었건 매가 되었건 어차피 맞을 거 시원하게 맞자 했다. 덕분에 마음이 차분해져 이성적으로 판단하기가 수월해졌다.

강도 높은 조언을 들을 때에도 시원하게 내리는 죽비를 맞고 배움을 얻는다고 생각하니 방어하려는 태도는 줄어들고 겸허하게 받아들일 수 있었다. 아무튼 일 처리도 내가 예상한 것 이상 잘 해낼 수 있었고, 무난하게 넘어갈 수 있는 것들이 많아서 놀랐다.

'나 의외로 좀 센데? 그간 너무 몸을 사렸구나. 스스로 과소평가했던 거였네.'

물론 울고 싶은 날도 포기하고 싶은 날도 있었다. 그런 순간에도 일희일비하지 않고 뚜벅뚜벅 앞만 보고 걸어왔더니 어느덧 나도 모르는 사이 멘탈이 꽤 강인해졌다. 잘 믿지 않았던 나의 잠재 능력에 대해서도 믿음이 커졌으며, 어지간한 일에는 쉽게 무너지지 않는다. 흔들리는 순간 속에서도 쉽게 다시 평정심을 찾을 수 있게 되었다. 넘어지고 흔들려도 그러려니 하고 금방 털고 일어나서 앞을 향해 걸어간다. 끝없는 인내로 사리舍利도 덤으로 얻었지만.

앞으로도 나는 거친 바다를 반복해서 건널 것이다. 그렇게 건너면서 나라는 배를 더 강하게 만들어 갈 것이다. 넘실대는 파도 위를 항해하는 동안 지안이 받았던 질문을 누군가 내게 한다면 나는 이렇게 대답할 것이다.

"편안함에 이르렀나?"

"아뇨. 편안할 때도 있고 그렇지 않을 때도 있어요. 그런데 이제 그게 제게 그렇게 중요한 일은 아니에요. 지금은 마음의 맷집을 키우는 중이거든요."

가끔은 소심함 끝판왕이던 예전으로 돌아간 것 같아

작고 사소한 말인데도 괜히 크게 받아들여지는 날이 있다. 나는 벽 쪽을 바라보고 누워 미동도 하지 않은 채 메신저 내용을 떠올렸다. 굳이 하지 않아도 될 말 같은데 지적을 안 하면 가시가 돋는지 종종 나의 가슴에 크고 작은 못을 박고야 마는 그녀였다. 평소였으면 그냥 지나갔을 수도 있는데, 그날은 어쩐지 그럴 수가 없었다.

그 지인은 우리가 같이 아는 또 다른 지인의 활동을 칭찬하다가 대뜸 나와 비교했는데, 그 말이 은근히 나의 자존심을 상하게 했다. '굳이 안 해도 되는 말인데. 왜 그런 말을 한 거

지…….'

도배한 지 얼마 되지 않아 새하얀 벽 위에 박히다 만 못이 길게 튀어나와 있었다. 나는 튀어나온 못이 거슬린다고 생각하면서 그녀가 보낸 카톡을 곱씹고 또 곱씹었다.

쉽게 마음이 풀어지지 않았다. 이제 이만한 말에는 크게 동요하지 않은 줄 알았는데, 예전처럼 나도 모르게 상대방의 말에 기분이 확 안 좋아지다니. 기분 전환을 해야겠다 싶어서 밖으로 나갔다. 날씨마저 우중충했다. 잿빛 구름이 가득한 하늘을 보며 걷기 시작했다.

'햇볕이 좀 더 쨍쨍하고 맑은 날이었다면 훨씬 기분이 빨리 나아졌을 텐데…… 가슴이 답답하네.'

한참을 걸었는데도 그녀의 말이 계속 뫼비우스 띠처럼 돌고 있었다. 서로의 관계에 독이 된다는 것을 알면서도 결국 순간적인 충동을 이기지 못하고 카카오톡 대화 창을 열어서 머릿속을 맴돌던 말을 내뱉고 말았다. 나의 마음을 상하게 한 그 말을 꼭 했어야만 하는지. 일단 내뱉고 나니 일시적으로 가슴이 조금 후련해졌지만, 한 번 내뱉고 나니 멈추지 않고 자꾸만 따지고 싶었다.

그래서 1절에서 멈추지 못하고 몇 번이고 지인에게 따져 물었고, 나의 기분을 상하게 했다고도 반복해서 말했다. 그런 내 모습이 옹졸해 보이고 마음에 안 들었지만 그렇게 해야만 속이 시원해질 것 같았다. 나 자신과의 감정싸움에서 패배한 기분이었다. 얼마나 스스로가 한심해 보이던지.

'그녀도 나를 한심하게 여기겠지?'

카톡을 주고받고 난 후 속이 시원하던 마음은 찝찝함으로 바뀌었고, 감정 기복이 심하던 과거로 돌아간 듯한 기분이 들었다. 두려움도 밀려왔다. '감정 기복이 널뛰던 때와 달리 지금은 나름 안정적으로 변했다고 생각했는데……. 내가 과연 좋아진 것이 맞을까?' 급 자신이 없어졌다.

'연인이나 배우자처럼 깊고 가까운 관계가 만들어졌을 때 나도 모르게 자꾸 따지고 캐묻고 집착하지 않을까?', '내가 이번처럼 원하지 않는 모습을 누군가에게 보여서 서로를 다치게 하고 관계를 망치면 어떻게 하지?' 등 꼬리에 꼬리를 물고 부정적인 생각도 같이 올라왔다. 마음이 잠시 어둡게 가라앉은 채 한참을 길을 터덜터덜 걸었다. 시선이 멈춘 곳은 홍이 넘치기로 유명한 입욕제 브랜드 매장이었다. 매장 직원들이 매장 앞에서 우스꽝스러운 표정을 지어 보였다. 그 모습에 금방 무장 해제되면서 나도 모르게 빵 터져서 아이처럼 웃었다. 가슴 안에 따뜻한 태양빛이 스며들면서 꽁해있던 기분을 순식간에 녹였다.

비로소 안도감이 들었다. 예전과는 확실히 달랐다. 사소한 것에 기분이 상했고 쉽게 털어내지 못했던 예전과 다르게 어이없을 정도로 작은 요소로도 금방 꽁해있던 기분이 풀어졌다. 어떠한 일이 있어도 다시 마음을 밝게 일으키고 매 순간을 감사히 즐길 수 있도록 수없이 반복한 덕분이었다. 댄스가수가 춤 연습을 하도 해서 10년이 지나도 몸이 안무를 기억하듯 말이다.

부정적인 감정은 가만히 있어도 계속 생기지만 긍정적인 감정은 노력하는 만큼 만들어졌다.

물론 처음으로 돌아가서 게임을 다시 하는 것 이상 의지가 필요했다. 게임은 포기하면 그만이지만 감정 관리는 아무리 어려워도 놔버릴 수 없었다. 감정 관리의 달인까지는 못 되더라도 원하지 않는 감정에 질질 끌려다니지 않았으면 했다.

주머니에서 핸드폰을 꺼내 지인에게 넌지시 웃긴 영상을

하나 보냈다. 다정한 말도 함께였다.

그렇게 내민 화해의 손을 그녀도 기꺼이 잡아 주었다. 나에게 한 말이 내 기분을 상하게 할 수도 있었다는 걸 잠시 되짚어 보지 않았을지 조금은 궁금했지만 직접 묻지는 않았다. '다음에 내가 바라는 대로 반영을 해주면 감사하고 좋고, 아니면 말고.'

나의 염려와는 다르게 꾸준한 감정 관리는 중간 지점 이상을 넘어가면 맨 처음으로는 잘 돌아가지 않았다. 소심 끝판왕으로의 내 모습은 이제 없다. 아니 이제 되돌아가지 않는다.

4분의 3 승강장에 뛰어 들어가시겠습니까?

"마법 학교에 입학하시겠습니까?"

학창 시절 한창 호기심과 상상력이 넘쳐날 때라 그런지 마법에 관한 영화나 책, 만화를 좋아하는 친구들이 주변에 참 많았고, 나는 종종 어느 날 갑자기 신비롭고 수상한 존재가 나에게 찾아와 그런 질문을 던지는 상상을 했다. 당시 선풍적인 인기를 끌고 있던 해리 포터 시리즈를 즐겨봐서 더 그랬을지 모르겠다.

유일한 친척인 이모네 집 계단 밑 벽장에서 생활하던 11살짜리 평범한 소년 해리 포터가 호그와트 마법 학교에 다니면서 겪게 되는 판타지 이야기에 전 세계가 열광했다. 평범하다 못해 열악한 환경에서 생활하고 있던 아이가 어느 날 갑자기 마법 학교의 초대장을 받게 되면서 대서사가 시작된다. 일반인은 통과할 수 없는 마법이 걸린 벽을 향해 과감히 뛰어 들어가 4분의 3 승강장에서 열차를 타고 마법의 세계로 넘어가는 장면을 생각하면 지금도 설렘에 가슴이 뛴다.

마법 학교 입학 후 그 소년에겐 새롭고 흥미진진한 상황들이 다양하게 펼쳐졌다. 그러나 한편으로는 상황이 불투명하고 앞이 보이지 않았는데, '용기' 있는 자를 뽑는 그리핀도르 소속답게 소년은 거듭 도전하면서 훌륭한 마법사로 성장해 갔다. 죽음에 처할 위기에 놓여도 악당에 용감하게 맞섰고 뒤로 물러서지 않았다.

어릴 때는 나도 마법 학교에 입학시켜 줄지 누군가 묻는다면 주저 없이 "네!"라고 대답할 수 있었는데, 겁쟁이 어른이 되고 나서 보니 누가 나에게 그렇게 질문하면 선뜻 그렇다고 하기가 왜 그리 어렵던지……. 그때에는 별다른 고충 없이 신기하고 즐거워만 보이던 11살 소년의 삶이 갑자기 넘을 수 없는 산이나 거대한 벽처럼 느껴졌다. '마법을 사용하다가 부작

용을 겪게 되면?', '악당과 싸우다 죽으면 어떻게 하지?', '영영 평범한 삶으로는 돌아오지 못하는 것 아니야?' 등 온갖 걱정부터 앞선다.

홍미 있는 일에는 적극적으로 앞장서는 골목대장 왈가닥이었던 내가 어쩌다 이렇게 쫄보가 되어버렸을까? 어렸을 적 나는 분명 모험심이 가득했고 씩씩하고 용감한 아이였고 무엇이든지 할 수 있다는 자신감이 가득했다. 상상력이 풍부하고 생각도 깊은 편이었는데, 아쉽게도 그 능력이 여기저기서 들려오는 부정적인 목소리에 꺾여 충분히 자라나지 못한 것 같다.

사회에는 '건널목을 건널 때는 신호등이 초록 불일 때 건너라'와 같은 필요한 규칙도 많았지만 '어른들 말을 잘 들어야 착한 아이다'와 같이 이상한 신념도 넘쳐났다. 착한 아이가 되기 위해서 말을 지나치게 잘 듣는 바람에 좋은 것도 많이 배웠지만, 안 좋은 것도 가득 받아들이고 흡수했다. 또 "세상은 너무 위험해.", "이번 시험에서 성적이 또 떨어지면 네 인생은 끝이야."이라는 등 집이나 학교에서 저주에 가까운 불안과 걱정의 말이 쏟아지기도 했다. 그 말을 제대로 흡수한 나는 '이러다 큰 사고 나는 거 아니야?'라는 일어나지 않을 일도 사서 고민하게 되었다.

그래서인지 자라나면서 누군가 지금 당장 나에게 해리 포터처럼 꿈같은 인생을 살 수 있게 도와준다고 한다면 선뜻 겁부터 났다. 내가 가지지 못했던 능력을 키울 수 있고 새롭게 설레는 것들이 가득하지만, 그 안에는 알 수 없는 미지의 것 역시 가득하다는 생각에 선뜻 발을 들여놓고 싶지 않았다. 어린아이의 눈으로 본 마법사의 삶은 환상과 신비, 동경 그 자체였지만 어른이 되니 감내해야만 하는 숙제들이 더 크게 보이고 무겁게 다가왔다.

그런 나에게 현실에 순응하고 만족하며 살아가든 살아왔든 지난날을 뒤로하고 과감하게 새로운 길로 나아가야 하는 순간이 갑작스럽게 찾아왔던 적이 있었다. 심장막에 염증이 생겨서 퇴사 후 휴식을 취하며 심리 상담을 받고 상담 이론과 명상을 배우던 때였다. 점차 회복해 가며 일도 도와드리게 되었는데 선생님께서는 내게 재능이 있다며 본격적으로 공부에 매진해서 나를 도와 심리 상담과 명상을 지도해 보지 않겠냐고 하셨다.

30대 중반, 디자이너이자 마케터로서의 경력은 과감하게 포기하고 명상 지도사의 길로 매진하는 걸 선택해야 하는 순간이었다. 기존 일과 병행하며 하기에는 익혀야 하는 과정이 꽤 멀고 방대해서였다. 또 올바른 지도사로 성장하기 위해서는 생활 습관, 가치관, 오래된 신념 등 많은 것을 과감히 바꿔야만 꿈을 향해서 한 걸음 더 다가갈 수 있다고 했다.

인생에서 이런저런 시련을 겪으며 마음이 힘든 분들을 위해 나의 경험도 나누며 돕는 걸 내 소명으로 삼기로 했기에 늘 그려 왔던 순간이기도 했다. 걱정도 불안도 많은 나였지만 세상을 더 나은 곳으로 만들어 나가고 싶다는 꿈만큼은 컸기에 과감하게 그 길을 향해 그 길로 떠날 채비를 꾸려 4분의 3승강장 안으로 발을 들여놓는 것까지는 비교적 수월했다. 그러나 큰 도전 앞에서 쉽게 겁먹고 위축되어 버리는 나의 성향이 장벽이 되어 진정한 나의 꿈을 향해 출발하는 기차에는 차마 오르지 못했다.

그렇다고 4분의 3승강장으로 들어오기 위해 뚫고 온 벽으로 다시 돌아갈 수도 없었다. 그래서 다음 기차 탑승을 노려

보며 승강장에 머물며 내가 할 수 있는 일을 해나가고 있다. 퇴근하고 나서 혹은 주말과 같이 일하지 않는 시간에는 느리지만 꾸준하게 나만의 속도로 마음 챙김 콘텐츠 만들면서 말이다.

당장 수입이 되지 않는 일을 장기간 지속하기란 쉽지 않았다. 체력도 약하고 조금만 무리를 하면 목과 어깨가 견디기 힘들게 아파지며 심한 몸살로 앓아누웠다. 몸도 마음도 지칠 때는 현실에 안주하며 외면하고 싶었다. '당장 이익이 되지 않고 남들이 시키지도 않은 일을 뭐 하러 힘들게 해?', '별로 소득도 성과도 없는데 그럴 시간에 그냥 편안하게 쉬어.' 유혹의 목소리가 들려올 때마다 다 내려놓고 싶기도 했다.

그런데 아이러니하게도 그럴 때마다 '통증'이 나에게 앞으로 나아갈 힘을 주었다. 해리 포터의 이마에 남아있는 번개 모양의 흉터가 주기적으로 해리를 괴롭히며 그 상처를 준 악당 볼드모트의 존재를 결코 잊을 수 없게 만들고 맞서 싸우게 했던 것처럼, 사고로 인해 남겨진 '통증'도 내게 그런 역할을 했다. 다시 걸을 수 있게 되면서 앞으로 남들을 도우면서 살아가겠다고 결심했던 순간을 계속해서 떠올리게 했고, 덕분에 초심을 잃지 않고 잊을 수 없는 순간과 생생하게 연결되어 현재를 살아간다.

아직은 비록 새로운 꿈을 향해 완전히 매진하며 살아가고 있지는 못하고 있지만 내 꿈은 여전히 살아있고 나를 끊임없이 앞으로 나아가게 만든다. 내가 끝내 기차에 몸을 싣게 될지 아닌지는 아무도 모른다. 하지만 이렇게 매일 한 걸음씩 앞으로 나아가면서 지나치게 불안정하던 나로부터 점차 떠나가고 있다는 것만은 확실히 알 것 같다.

에필로그

누구에게나 소심하고 예민한 구석은 있다

"이제는 힘을 잘 빼시네요."

"아, 그런가요? 다행이네요."

사실 너무 피곤하고 졸려서 저절로 온몸이 늘어지는 건데 본의 아니게 칭찬받으니 멋쩍어졌다. 재작년부터 실력이 좋은 보건 안마 센터를 우연히 알게 돼서 적어도 한 달에 한 번 안마를 받으러 간다. 주기적으로 뭉친 곳을 풀어주지 않으면, 일상생활을 할 때 여기저기 결리고 쑤셔서 견디기가 너무 힘들어서 바쁠 때도 여력을 내어서 다니고 있다.

나는 회사 업무로 지쳐서 반쯤 잠든 상태로 안마사와 이런

저런 얘기를 주고받곤 했다. 가볍게 근황을 묻기도 했고, 때로는 각자의 취미에 대해 나누기도 했는데 그러다가 한 번씩 제법 무겁고 진지한 얘기들이 오가기도 했다.

"네, 확실히 좋아지셨어요. 처음에는 힘 빼라고 해도 잘 못 빼셨잖아요."

"그것도 나름 예전보다 많이 좋아진 거였는데요……."

명상을 통해 몸과 마음을 이완하는 법을 익히고 꾸준히 하게 되면서 예전보다는 좋아졌지만, 워낙 오랜 세월 긴장을 과하게 하던 게 습관처럼 굳어져 버린지라 처음 센터를 방문했을 때는 힘 빼는 게 쉽지 않았다. 그는 여러 번 칭찬을 반복하며 힘을 못 빼는 분들이 은근히 꽤 많다고 했다. 나는 동의하며 고개를 끄덕였다. 분명히 졸음 때문만은 아니다. 확실히 나는 과거에 비해 편안함을 쉽게 찾아갔다. 쓸데없는 경계는 줄고 좀 더 능청스러워졌으며 전처럼 남을 크게 의식하지 않는다. 눈을 감은 채로 잔뜩 굳어 있던 나를 떠올려 본다. 사자처럼 보이고 싶어서 안간힘을 쓰던 작은 토끼가 한 마리가 보인다. 내 눈과 귀 그리고 머릿속은 아침에 눈을 떠서 잠드는 순간까지 경계하느라 바쁘게 돌아갔는데, 평범하고 잔잔한 풍경을 깨고 갑자기 무슨 일이 생길 것만 같아서였다. 온몸 세포 하나하나가 마치 전방 10m 안에 맹수가 도사리고 있는 것처럼 긴장으로 가득했었지. 그러다 보니 쉽게 방전되고, 속으로 늘 집에 가고 싶다는 생각을 달고 살았다.

외향적인 기질을 가지고 있고 사람들 앞에 나서서 말하거나 행동을 주도하는 걸 좋아하는 나였지만 은근히 낯가림도

심하고 온갖 레이더망을 곤두세운 채 남이 하는 말과 행동을 일일이 주시하고 있다는 걸 남들은 잘 모르는 듯했다. 남들이 알아차릴 것 같아서 짐짓 더 과장된 말과 몸짓으로 사람들을 대했기에, 무심하거나 둔한 사람들은 내가 스트레스를 잘 안 받는 것처럼 보인다며 부럽다고도 했다.

그러나 가끔 눈치가 정말 빠른 사람들은 나의 부자연스러움을 눈치채고 날카롭게 짚어내기도 했는데, 나한테 그런 말을 하는 사람들은 보통 사람들을 많이 상대하고 거느려 본 이들이었다.

"뭘 그렇게까지 애써요? 피곤하게. 긴장하지 말고 그냥 편하게 해요, 편하게."

"아……. 네."

그런 말을 들으면 뭔가 내 속이 투명하게 드러난 것 같아 나도 모르게 민망함이 들었다. 나의 말과 행동이 그렇게 어색했나 싶어서였다. 수많은 이들을 접해봤기에 한눈에 내가 지나치게 남에게 맞춰 주고 있다는 것도 파악했나 보다. 무언가 말을 꺼내고 싶어서 입술이 달싹거렸지만 대신 입술을 지그시 깨물었다. 나는 정적이 흐르는 것을 잘 못 참는 편이었다. 잠시라도 오디오가 비면 뭔가 어색하고 신경 쓰이고. 긴장되고 불편했다.

'왜 아무 말도 없는 거지? 저 사람은 지금 속으로 무슨 생각을 하고 있을까?'

'기분이 좋지 않은 걸까? 어딘가 기분이 언짢은가?'

'나를 빤히 쳐다보는 시선이 부담스럽다. 뭔가 말을 꺼내

기 어려운 건가?'

나는 결국 정적과 침묵을 참지 못해 잠시 후 또다시 먼저 얘기를 꺼내곤 했다. 숨이 턱 막힐 것 같은 분위기에서 벗어나고 지금 이 자리를, 만남이 서로에게 불편하게 기억되게 하고 싶지 않다는 욕심이었다. 그렇게 나는 타인을 끊임없이 의식했고, 이러한 것들을 들키지 않기 위해 안간힘을 썼다. '편안해 보여야지. 긴장된 모습을 보이지 말자. 편하게 생각해 편하게.' 끊임없이 속으로 되뇌면서……. 나의 세상은 불안전했고 언제 깨질지 모르는 살얼음판 위를 걸어가듯 지나치게 신중했고 모든 것이 조심스러웠다. 그럴 때 누군가 자상하게 나의 손을 붙잡고 얼음판 위를 걸어가 줬다면 어땠을까? 무사히 건널 수 있다고, 만약 얼음에 쩍 하고 금이 가서 물에 빠지게 된다면 자신이 건져주겠다고, 그러니 한 발 한 발 떼는 일에 너무 극도로 스트레스를 받지 말라고 다정한 목소리로 토닥여주면서 말이다. 살아오면서 느낀 것은 정도의 차이가 있을 뿐 누구에게나 소심하고 예민한 구석은 있다. 나만 그런 줄 알았는데 아니었다. 누구에게나 그럴 때가 있다. 그러니 자신에게 그런 모습이 보이더라도 위축될 필요는 없다. 인간에게는 엄청난 내면의 힘이 있고 닥치면 다 하게 되어 있다는 말은 진짜다.

나는 때때로 미혼임에도 종종 대한민국의 엄마들이 살아내기 위해, 누군가를 지키기 위해서 얼마나 강해질 수 있는지를, 또한 대단한지를 떠올리면서 그 억척스러움과 강인함을 나에게서도 찾아본다. 불과 몇 년 전까지만 해도 스스로가 한

없이 작은 존재처럼 느껴졌었는데, 사람들에 휘둘리고 너덜너덜 치여도 보고 죽을 고비도 넘겨 보면서 이제는 씩씩하고 강한 면도 제법 생겼다며 감탄할 때도 있다. 앞으로도 나는 나를 지키기 위해, 또 소중한 누군가를 돕거나 보호하기 위해 꾸준히 나아갈 것이다.

사실 굳어 있었던 건 몸이 아니라 내 마음이 아니었을까.

천천히 감았던 눈을 뜬다. 온몸이 노곤했다.